U0938522

欣賞系列

童年

劉以鬯
曾敏之
夏 易
馮浪波
紅 葉
梁錫華
小 思
謝雨凝
陳耀南
阿 濃
黃國彬
黃維樑
駱賓路
王一桃
忠 揚
孫觀琳
孫觀懋
周 遊
宋詒瑞
古 劍
琅 璧
文 翎
天 涯
張漢基
羈 魂
紫 丁
嚴吳嬋霞
施友朋
黃虹堅
周蜜蜜
蘭 心
孫慧玲
林中英
陳華英
秀 實
夢 如
潘金英
潘明珠
黃嫣梨
陳德錦
吳 越
李華川
夢 子
蔡益懷
吳佩芳
君 比
許穎娟
東 瑞

東瑞賞析

獲益出版事業有限公司

童年（欣賞系列）

作　　者：劉以鬯、小思、東瑞等48人
編　　選：東　瑞、瑞　芬
封面設計：西　波
小　　賞：東　瑞
主　　編：東　瑞（黃東濤）
督 印 人：蔡瑞芬
出　　版：獲益出版事業有限公司
九龍土瓜灣道94號美華工業中心B座6樓10室
HOLDERY PUBLISHING ENTERPRISES LTD.
Unit 10, 6/F Block B, Merit Industrial Centre,
94 To Kwa Wan Road, Kowloon, H.K.
Tel: 2368 0632　Fax: 2765 8391
版　　次：一九九四年十月初版
二零一八年十月十一版
國際書號：ISBN 978-962-449-100-5

本書作者簡介

劉以鬯	香港文學雜誌社社長兼總編輯
曾敏之	香港作家聯會會長
夏　易	專業作家
馮浪波	大家出版社出版人
紅　葉	香港作聯理事
梁錫華	前嶺南大學現代中文文學研究中心主任
小　思	香港中文大學中文系高級講師
謝雨凝	電影工作者
陳耀南	香港大學教授
阿　濃	原香港兒童文藝協會會長
黃國彬	嶺南大學翻譯系大學高級講師
黃維樑	香港中文大學中文系高級講師
駱賓路	雜誌社發行
王一桃	專業作家
忠　揚	出版社編輯
孫觀琳	語文教師
孫觀懋	行政人員
周　遊	教師
宋詒瑞	教師
古　劍	報刊文藝版主編
琅　璧	商人
文　翎	雜誌副總編輯
天　涯	進出口公司董事經理
張漢基	文員

羈　魂　　原中學校長
紫　丁　　報刊編輯
嚴吳嬋霞　前兒童文藝協會會長
施友朋　　教師
黃虹堅　　出版社編輯
周蜜蜜　　報刊編輯
蘭　心　　文員
孫慧玲　　教師
林中英　　報刊副刊主任
陳華英　　小學教師
秀　實　　中學圖書館主任
夢　如　　家庭主婦
潘金英　　中學圖書館主任
潘明珠　　時裝採購
黃嫣梨　　香港浸會大學歷史系副教授
陳德錦　　中學教師
吳　越　　報刊編輯
李華川　　工業界——藍領
夢　子　　報刊文藝版編輯
蔡益懷　　報刊編輯
吳佩芳　　公務員
君　比　　中學教師
許穎娟　　中學教師
東　瑞　　獲益出版事業有限公司董事兼總編輯

目錄

（排名不分先後）

童年的天空

——《童年》前言

東瑞

這一本從醞釀、組稿到面世幾乎費去整整一年時間的《童年》，終於順利出版了。

四十八位不同年齡、身分、職業的作者，如今集合在「童年的天空」之下，不僅流露出童心未泯的動人心境，而且體現了為青少年寫作不計得失的可貴精神。這是我們所十分欣賞和感激的。當然，這樣一本《童年》，作為一家出版社第一百本書的紀念作和向讀者的獻禮，也是饒有意義的；而如果沒有作者們的大力支持，本書根本無法成功出版。因此，可以說，這本《童年》是羣策羣力的產物。它將產生怎麼樣的深遠影響，目前我們暫時還無法估計。

「獲益」不過是一間小小的出版事業機構，能力有限得很，也從沒甚麼野心，但由於堅持出版健康、嚴肅的讀物，堅持面向青少年，得到了各方的欣賞和鼓勵。所謂「得道多助，失道寡助」，《童年》作者陣容之鼎盛，文字內容之豐盛，再次有力地證明了這條真理。受邀寫童年的朋友都熱情應允，獲益編輯部的同人也因此頗獲鼓舞，《童年》的作者從原擬的二十幾位，不斷增加，最後達到了四十八位，陣容擴大了近倍。最難能可貴的，是不少作者提供了已無法多覓的珍貴的童年照片；但也有一些作者，由於戰亂和飄泊的歲月，早年的相片已經蕩然無存，徒留一份遺憾。但無論屬於甚麼情況，本書四十八位作者認真其事、踴躍交稿的熱誠都是十分感人的。那怕是生活忙碌、日理萬機，致使截稿期迫近而依然不能很快成文，也大都是因為構思需時的原因，誰都想將快要被歲月之塵湮沒的記憶好好整理一番，使最難忘的一段漸漸清晰而定影，誰都想把最耐咀嚼的部分讓大家分享，因此動筆之際熬費思量和苦心。這使本書的編輯和製作在時間上不易控制，所以姍姍來遲了。

在接獲一篇篇佳作並將它們細讀的日子裏，我們不時被稿件的精彩打動心弦，興奮不已。原先我們不過希望出成一本小冊子，讓今日的幸福的中小學生，讀到別人不同的童年，從而珍惜自己所處的年代，從中獲益；從不敢設想本書能以這樣的面目和態勢與讀者見面。說實在的，《童年》裏四十八篇文章所體現的總體素質和凝聚在一書而顯示的非同凡響的意義，大大出乎我們的預料之外，這全憑集合在「童年的天空」下之功。遂想到類似「小時候」的同類書不是沒有出現過，也不敢狂說甚麼「空前絕後」；但《童年》雖有趣，卻絕不兒戲；固輕鬆，但毫不胡鬧；《童年》同時亦是嚴肅、沉重的。《童年》的雙重甚至多重性格，源自不同寫作人截然有別的童年。素以「真」為生命為靈魂的散文本性，在本書中得以淋漓盡致的發揮，而文品即人品、文格即人格的文學至高真義，在《童年》中也臻於較為完美之境，因為童年是真實的個人歷史，是偽造不了的。我們深深相信：四十八篇童年都是為情造文，執筆當兒，既是享受，也是折磨，真情之筆在稿紙上漫步、徘徊或飛馳的時候，久違了的童心一定從遙遠的時空在剎那間被喚回。

如果要說《童年》的好處和特點，那也是多方面的。細讀過本書的人不難同意下述幾點。

《童年》的四十八位作者，年齡從二十餘歲至七十餘歲不等。

年齡的選擇很重要，老、中、青閱歷深淺有別，造成「時代差」。因此《童年》的作者名單，是經過深思熟慮的。可以說，從六十年代倒溯到五十年代、四十年代、三十年代甚至二十年代，各年代的民生風情、社會環境，都在《童年》中留下了時代印記。正如我們在邀稿函中寫的：「眾人不同色彩、格調的童年，合起來就是一部微觀的社會變遷史。讀《童年》就可以讀到不同的時代和生動的人生；今昔對照，對今日的青少年有所啟迪，有所教育，有所激勵」。一部社會發展史就是大眾個人歷史的總組合。社會發展史從具體上升到抽象，有綱有目有章有節，讀來枯燥辛苦；個人童年，感性知性融合得天衣無縫，有血有肉有情有義，容易被生活節奏日趨快速的大小讀者們所接受。

《童年》作者職業身分不同，也是造致本書可讀性較高的優勢。從大學教師、講師、中學教師、圖書館主任、小學教師、中文科主任到雜誌出版社總編輯、出版人、報刊副刊主任、編輯，從電影公司宣傳主任、銀行文員、政府公務員到美術設計師、服裝公司採購員、貿易行老闆……有的早就是著作等身的作家，有的雖沒出過書，但已榮獲過十數次重要文學獎。我們始終有那麼一個願望，我們的文壇，不能來來去去總是那麼少數幾個人；我們的圈子，不要越來越小，而是越大越好。《童年》就是這樣一個願望的體現。

《童年》因為作者的廣泛和其代表性，使到四十八篇童年文章況味不同：甜蜜、辛酸、苦澀、幸福、不幸、溫馨、快樂、熱鬧、孤獨、寧靜、不安……真是五味俱全，讀來真教人百感交織，感慨萬千。不少篇章蘊含的啟發性、教育性、社會性，可讓我們咀嚼很久很久，堪稱一部小型的香港寫作人的童年百科全書。至於其文學價值，也是有目共睹的，讀者可以從中獲得一次莊嚴的童年洗禮，感到了、享受到一次童年旅程的美，歲月倒流的可貴。寫童年最難，歲月悠悠，百事紛呈，充滿了智慧的選擇。因此在寫作上，也具有了借鑑的意義。

這篇前言還沒對《童年》內容作具體的評價。請翻開此書，坐在童年天空下的草地上，傾聽四十八位朋友的訴說吧，一切已盡在不言中。

一九九四年五月三十一日

王老師在黑板上寫了這樣的句子要學生們填字：老師□□，我就□□。

我第一個繳卷，填的是：

老師打我，我就不來。

——劉以鬯

認字與填字

劉以鬯

認字

小時候，父親帶我去見一位長輩。那長輩知道我已開始上學，指着對聯上的「恭」字問我：

「識不識這個字？」

我答：

「茶。」

他又指着對聯上的「孝」字，問：

「識不識這個字？」

我答：

「老。」

他展顏微笑，對我的父親說：

「這個孩子很聰明。」

填字

王老師在黑板上寫了這樣的句子要學生們填字：

老師 □□，我就 □□。

我第一個繳卷，填的是：

老師 打我 ，我就 不來 。

王老師給我八十分，我很高興。放學回家，將作文簿拿給父親看。父親立即走去學校問王老師：

「這還了得？你打他，他就不來上學了。你不但不責備；還給他這麼高的評分！」

王老師對我的父親說：

「全班祇有他填得最通順。他很聰明。」

（一九九四年五月十一日）

【小賞】

深入淺出，言簡意賅，發人深省。《認字》中的「故事」說明了長輩對下一代以鼓勵為主的態度；《填字》除了讚頌一位開明的老師外，也刻劃了「我」的個性。兩則短文表面上說的是認字填字，其實內涵意蘊豐富，促人做多方面聯想。

童年一段灼熱陽光的烤炙，平橋綠波的鍛煉，倒把體魄增強了，多少年來或經歷坎坷，或晨昏顛倒……都未受過病魔的侵擾，未始不是叨童年日曬水泡之助。

——曾敏之

綠映童年

曾敏之

説起對顏色的愛好，翠綠予我的印象最深。這不僅是劉禹錫的《陋室銘》中「苔痕上階綠，草色入簾青」的詩意盎然的描寫所吸引，而是從童年時代就與綠色結緣了。

我的家鄉是一個小鎮，其實是農村。只因保持了三天一次市集的風俗，小鎮就有從遠近各地農村來了趕集的農民，他們肩挑、手推各種農副產品到市集上出售，然後購買日用物品回家。我的母親為維持生計，以染布為業，把染好的布料去市集上賣給農民。藍靛的染缸把純白的布染好了，就攤到鎮外一個大草坪上讓太陽曬乾，就在這個環節上，我充當了晾曬染布的看守。草坪是廣闊的，鋪在草坪上的真是綠草如茵，我與童年伴侶躺在草坪上曬太陽，對着天空的流雲，留意雲彩的變化，如果烏雲匯集，就預告可能下雨了，這時就得準備把染布捲好，不讓雨淋，以防褪色。因曬布多選在晴明的日子，所以我與同伴多是悠悠然躺着看雲、春草叢中的蝴蝶飛舞和花枝搖曳的。為了打發這種看守的寂寞，我與同伴也作遊戲，這種遊戲就是採擷俗名鬥牛草的，兩人各持一叢，然後分枝交叉角力，誰的先折斷了，就是輸家，罰以在綠色的草地上翻幾個觔斗。這樣的遊戲，我們玩得津津有味。

這種看守曬布的時光，如在夏天，灼熱的太陽是難受的，我只好躲到一株大榕樹下乘涼。這時候，另一種遊戲就給我們創造了。

距離大草坪不遠，有一個平橋塘，塘水漲滿得像水庫，上有杉木條製成的一座木橋橫於水塘之上供村人跨越。我與同伴為了驅除炎熱，就到平橋塘游泳，我們有如三五頑童，脱掉衣服，赤裸全身，站在橋上，大家叫一聲「跳」，雙臂高舉，就躍入塘中，接着就做潛水比賽，誰潛得最久就是贏家，輸了的就得讓贏家向他的臉上潑水，潑得他不能睜開眼才算數。這種嬉水遊戲，伴隨着長長的炎夏，我渾身給炙得如古銅色。但對着平橋塘的碧波蕩漾，我已迷戀得不知道炙熱之苦了。我也因嬉水而掌握了游泳技術。

這一段童年時代的生涯，隨着母親積勞成疾而辭世就結束了，「少孤作客早」，我未達成年的光景就離家出外寄食他方，接着到了廣州。此後南北流轉，跑遍半個中國，讀了沈從文形容的「人生這本大書」，飽嘗了「衣上征塵雜酒痕，遠遊無處不消魂」的滋味。説來是常事，正因為童年一段灼熱陽光的烤炙，平橋綠波的鍛煉，倒把體魄增強了。多少年來或歷經坎坷，或晨昏顛倒……都未受過病魔的侵擾，未始不是叨童年日曬水泡之助。另從英國哲學家羅素形容「人生一條河」的意義考慮，我童年所學會的一點游泳技術，用於「人生一條河」也未嘗不有助免予在激流、險灘淹沒罷？！

正是為了對童年時代平橋塘的一點眷戀，我曾於七十年代回到那依然落後的故鄉走了一趟，平橋依舊，水塘的綠水也泛着漣漪，可是人事已全非了。我於淒然感舊的情懷中只能以這樣的絕句詩結束故鄉之旅——

休問浮現身外事　且銜哀樂掌中杯
多情自有平橋水　照得天涯浪子回

九四年三月二十日

【小賞】

綠草坪、綠水塘，一片綠的回憶使我們的心也變得蔥蘢碧滑。從嬉水遊戲聯想到「一生一條河」的名言，更將文章涵義增深了一層。古典詩詞，順手拈來；人生況味，又以絕句作結，在在表現了作者深厚的中國古典文學修養。

我既沒有童年伴侶，又體弱得沒有甚麼慾望，唯獨求知慾很強。……偶然，我會用客觀的眼光看自己，覺得自己像根弱草，奇怪，居然不死。

——夏　易

似是「止水」話當年

夏　易

也可以說，我是生於憂患，長於憂患。是家難，也是國難。

我誕生於香港。據說，是我大家姐把我這小生命從醫院抱回來的。大家姐是我們家庭中無人不稱譽的人物。她寬厚、善良，擅用至誠感人的語言排解糾紛。當時她懷中的我，瘦小得嚇人。「先天不足」，後來「後天又失調」。整個童年，我都是以瘦弱出了名。

大家姐是爸爸的原配所生。我媽媽與我大家姐的年齡差不了多少。

香港居民，基本是歷代南徙的老百姓。我爸爸也不例外。爸爸遭遇的切身災難是軍閥割據戰。他是個正當商人，半生辛苦經營，卻在某次極慘烈的亂兵洗劫中，根基盡毀。他帶着一家老小逃來香港，只把蝸居當作避難所，但重振不易。爸爸在此地去世了。我還不懂事。據說，我爬在他身邊，只以為他睡了。

歷盡滄桑者的晚年，大概都會豁然開朗，悟到茫茫宇宙中，自己不過是「渺滄海之一粟」。家中成人最愛回憶爸爸之如何「轉了性」。原來，融合着他的見解與經驗，他一向採取威嚴治家，用不着惡狠狠的體罰，只稍滿臉嚴肅地「唔」一聲，表示不悅，眾兒女便也都默默地各安其位就了範。然而，此時的他卻轉了性。他們最愛描述那最後一場牌局。落難中的他，與兒女共樂，玩麻將，玩得親切、溫暖、歡愉，一家笑聲不絕。豈料兒女不懂事，就憑一隻嘻笑中的牌，害得他那手「滿貫」付東流，就此中風，長眠不起，晚輩的淚與悔都遲了。

我的年齡與哥姐們相去甚遠。像許多孩子一樣，我尤其喜歡問媽媽，「我是怎樣來的？」媽媽的回答總是：「從石頭爆出來的」。我不信，因而對自己的存在充滿好奇。我既沒有童年伴侶，又體弱得沒有甚麼慾望，唯獨求知慾很強，無論遇到甚麼，都用求知角度去接觸。偶然，我會用客觀的眼光看自己，覺得自己像根弱草，奇怪，居然不死。有時又覺得自己像一點浮遊着的朦朧光，可以照見一點兒事物，卻未能照得清楚。簡直是兒童式的自我研究。

當年沒有甚麼兒童玩具，只好自己搞些玩意。例如，拿絨線試着編織，知道可以織成許多新花樣，便自得其樂。當年的童年教育，也要讀古書，寫文言文。另一方面，五四新文化思潮，有如滾滾長江送遠水，沁透力既有形亦無形。那顆蒙昧童心，便很自然地發展着萌芽期的冷靜思考力。

當年國家多難，使許多中國人都有了共同的憤慨與不幸。民族命運，風雨飄搖，但幾千年文化形成的歷史觀，有如風播花粉，中國人那種不甘屈辱的精神，是無處不在，即使兒童，也感染到的。但「三歲定八十」這句俗話，卻又試圖描寫人們早年特點，對日後個別發展的影響。這也似略有根據，我少年時代為同學寫紀念冊，常喜寫某幾句話，為首的一句是「明鏡止水以存心」。即使到今天，我仍然常常有個不自覺的希望出現：但願內心平靜，看事物如明鏡。

【小賞】

家難由國難而來，國難亦是家難，兩者唇齒相依，被作者用精煉筆觸表現出來。敍述特殊環境中造成的特殊個性，生動傳神，更屬一絕。行文老練，別具一格，去陳言，棄濫調，處處從樸實中見出深刻，自平凡裏流露睿智。

不要以為一文錢「一文不值」，在那二十年代，一文錢可以買一碗芝麻糊或花生糊了。一文錢對我有吸引力，是有道理的。

——馮浪波

香港一仙

馮浪波

童年時代的一件小事，如果能夠令人一輩子念念不忘，時時刻刻回味和留戀的，應該可以不算是小事了。

自有記憶以來，這便是我人生的第一件事，是小事，也是大事。它一直活在我心坎裏，雖然經歷了大半個世紀之久，仍然清晰得好像發生在昨天一般。

記不清楚那時候我多大年紀了。不會是一歲吧？頂多兩歲，決不會是三歲。

也記不清楚那時候我是否有自己的小牀，只知道這一天我是睡在母親的牀上的。母親的牀頭一邊靠着梳妝抬，枱上擺滿花花綠綠的玩意兒，而最吸引我的自然是那十來個散亂地堆在一個角落裏備作零用的一文錢硬幣。

一文錢也就是一個銅板，香港人叫「一個仙」，「仙」是cent（一分）的音譯，十仙為一毫，十毫為一圓，一圓有一百個仙。

不要以為一文錢「一文不值」，在那二十年代，一文錢可以買一碗芝麻糊或花生糊了。一文錢對我有吸引力，是有道理的。

夏天，吃過晚飯，我們一家大小多半會拿張櫈仔在門前排排坐，納涼。在門前，也就是在葡萄棚架下。（我家的葡萄是酸的，果實雖然纍纍，無人摘也。）

一個挑着擔子沿街叫賣的中年漢子不多久便會出現，未見其人，先聞其聲。叫賣聲從遠處先就傳來：「芝麻糊花生糊，香夾滑！」

一聽到這叫聲，一看見這個人，我就樂了。母親這時候便會掏出「一個仙」來替我買一碗芝麻糊或花生糊。

芝麻糊是用一文錢換來的，我沒有理由不對一文錢產生好感。

我們的睡房和廚房隔着一個天井，兩扇窗子遙遙相對，在睡房常常可以看見秋娟姐在廚房弄飯。母親有兩個陪嫁婢，秋娟姐是其一。母親後來讓她們回復自由身，秋娟姐不久就進了教，成為一個虔誠基督徒，而且行事出人意表，但這是另一個故事了。

我剛剛睡醒，在母親的牀上呆了一會便爬起來，一爬起來馬上便看見梳妝枱上那一堆硬幣，一看見那些硬幣，馬上便伸手去拿。正在手到拿來之際，偶然抬頭向廚房那邊望一眼，卻見到秋娟姐高高豎起一隻手指，直指着我，作出一副威嚇姿勢。

我大吃一驚，哇的便放聲大哭，因為明顯有人欺負我。

往後的事誰也猜想得到：母親不知從甚麼地方飛也似地跑進來，一把將我摟在懷裏。至於她究竟塞了多少個硬幣在我手中而這些硬幣後來我又拿來做些甚麼玩意，真的沒法記起了。

忘記告訴大家。在印象中，那時候的一文錢比今天的一元硬幣略大，正面是英皇（不是女王伊利莎白二世）頭像，背面除了鑄造年份外，記得還有四個字：香港一仙。

世上如果真有神仙，那時候的童年的我過的才真正是神仙生活，不愧為「香港一仙」哩！

【小賞】

從一粒米看大千世界，自「一仙」中看香港幾十年來的社會歷史變遷，充分說明作者是深諳「以小見大」之道的。妙在文章以襁褓中嬰兒的視覺看「一仙」，且對當時街景、家居環境有所描寫，一股濃濃懷舊氣息撲面而來。

童年像一列高速的火車，倒退飛馳，不會在月台停泊，錯失過去的風景。我是唯一的用腦電波操縱駕駛這列車的司機，到達了指定的終點必要下車，否則就無法回歸這個現實的世界……

——紅　葉

記憶號列車

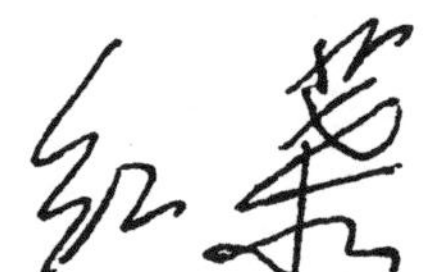

紅　葉

楔子：童年像一列高速的火車，倒退飛馳，不會在月台停泊，錯失過去的風景。我是唯一的用腦電波操縱駕駛這列車的司機，到達了指定的終點必要下車，否則就無法回歸這個現實的世界，繼續觸摸真實的人生……

第一站：太平山

窮街陋巷，向海，靠山那邊矗立着十棟三層高的木樓，皮黃骨瘦，看起來像頭破血流的樣子。

街頭開了間雜貨店，街尾建了間醫院。

父親搬運肉類，閒暇時兼職補皮鞋。

母親上街賣新加坡柴，在家卻是個煮婦。

最好的工作屬於叔叔，當醫院的護士。

我就是在那間醫院出世，趕着出來和祖母，父母、姑姑、叔叔、嬸嬸等共擠擁在其中一棟其中一層的，窄而長的房子裏。四歲時開始跟叔叔唸《千字文》線裝書，也聽姑姑講《水滸傳》，唱唱《木魚歌》；不知是否唸三字經唸得太多？患上了眼疾，幾乎變成了個瞽子，僥倖由叔叔帶進醫院，幾天就治癒了，祖母和母親樂得要劏雞殺鴨，做少許的法事去酬謝神恩！祖母最寵我，不准家人把我像皮球般傳來傳去，恐怕跌掉地上。也從不讓我曬陽光，恐怕變成包青天的面孔！母親除了哺乳外，沒有抱我的權利！於是照顧我的責任，白晝黑夜全託付給祖母，在祖母的臂彎裏懷抱裏，醒醒睡睡的度過了七年，吃喝屎糞也離不開祖母的板牀。祖母讚罵分明，屎糞的時候她罵我是「掃帚星」，我念書的時候她讚我是「文曲星」。後來嬸嬸也養了兩個孩子，冷言冷語地偷怨祖母偏心而不理會她的寶貝，我更成為被她毒咒的發洩對象。家裏沒有玩具，連計時器也欠缺，而報時的訊息，是般含道上一座教堂傳下來的「叮」「噹」，每日每夜共敲廿四次。

第二站：律打街

命運跟人開的玩笑真大，常存着促狹的意念心態，使你無法預知行將降臨的禍福！叔叔是這個事件的主角，其他的人都是配角，車輪滾動至另一個站時就會感到湊巧神奇了。

有一天，叔叔回家開了個家庭會議，徵詢家人們願不願意到沙田去務農為業，他說新近結識了醫院裏一個病人是沙田的村長，游說叔叔辭工，而且允諾了送給他一些農地房舍豬牛，花卉瓜果菜的種籽等等，家人們點點頭就可以搬徙了，父親和姑姑不贊成，但大部分人都舉手通過了決議，僅姑姑和父親要看守着老家。

第三站：沙田

一片荒蕪人口少，多見樹木少見村屋。空氣清，環境靜，阡陌縱橫如圖畫，田畦隴畝隨處見，脱離城市，走入自然，村前村後有牌樓，更鼓樓台居高臨下，佔着險要的位置，幾方池塘照得人精神煥發，山前山後百花開，五月的石榴樹荔枝樹火樣嫣紅，逸緻閒情，逍遙任性，家人們瀰漫着歡聲笑語，我更樂得像一隻在風中搖曳的風箏。日出日落，犬吠雞鳴，老老少少同過了一段日子，我竟然水土不服，被蚊子咬得發熱發冷，病了幾場，吃了金雞納丸後才能恢復健康，祖母和母親怕我會患染傷寒，小生命可能被病魔奪去，叫我火速返回市區和父親同住，以後再到沙田不可在那裏度宿。

第四站：上環街市

黃昏，我到達父親的工人宿舍，告訴他沙田的情況，晚飯後非常疲倦，倒頭便睡。翌晨找父親到茶樓飲茶，遍尋不獲，一個工友遞給我幾毛錢說：「你的父親今晨入了沙田，叫你自己吃早點」。我洗了臉到街上的粥檔，吃牛雜粥和油條。突然間我聽到了「嗱」「嗱」「嗱」的響聲，天空印上了高射炮彈的痕跡，在雲層擴散成蘇武游牧的羊羣。飛機聲、警報聲、轟炸聲、人聲、震耳欲聾，滿街的人狂喊：「日本仔來了！飛機來了！」我奮力摔掉了剩餘的食物，以最快的速度跑回姑姑的居處，見到了姑姑的愛人搶回來兩麻包白米。他說：「西環海傍的米倉都被搶空了，有糧萬事足，金銀珠寶是廢物！」這確是戰爭時期的警句！所有的電源中斷，燈火管制，我們活在黑暗裏，糧食緊張，我們以粥度日。親友傳來沙田的消息，家人們住的村子被日軍發現了印度薄餅，日軍為了搜索殘餘的香港防衛軍，一夜間燒光了夷平了整條村子。我和姑姑很擔憂家人們的存亡，日夕等待着奇蹟的出現。

第五站：慈雲山

山上，日間避日軍躲山洞，晚上徒步翻山越嶺，翻過獅子山抵達慈雲山，老老少少逃難，沿途採野果飲坑水，偷狗偷雞偷農作物充飢，捨大路走小徑，避開了英兵和日軍佈下的地雷，走了十多天才走出了一個大團圓的局面，我的父親立了大功，挽救了家人的性命，原因是父親少年時做過工兵，熟諳地雷佈陣的圖形位置和火藥爆破的原理與功能。

第六站：香港仔（終點）

各位大小朋友，各位大小讀者，我到站了！再見吧！再見！最好在南區。

【小賞】

童年的風景已像一列火車駛過而不留痕迹，難能的是作者不但乘上這列車且當上了司機，使已隨風而逝的景、物、人、事一一重現，具體到彷如可以觸摸。每一站都有不同的內容和色彩，每一站都叫你回味無窮。寫法之別致，當可使威爾斯這位時間機器的構想者地下含笑。

在過農曆年的日子，家中總不乏牡丹的富貴、水仙的淡雅和吊鐘的清艷，但，奇怪，當日繫我小小心靈的，還是大榕樹。……既超然亦凜然，是永恆的象徵。

——梁錫華

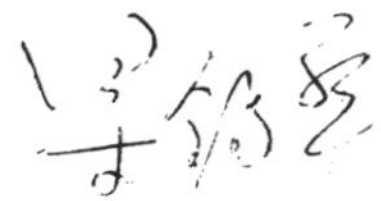

雄榕頌

梁錫華

根據長輩口述，我出生後馬上跟榕樹打交道了。事實是，按他們的美意，我拜了離家不遠那個渡口的一棵巨榕為「契爺」（乾爸）。這件小孩子的大事，在廣東家庭中是頗尋常的。凡憂慮家中嬰兒夭折的父母，來這一手是方便不過的長命之道，只需拿一張小小的紅紙寫上孩子的名字貼在樹根，然後抱着娃娃向樹下拜，那就禮成了。以後每年去晉謁一兩次，也不用燒香、敬酒和擺祭肉，保險手續很簡單。

由於這點「父子」之誼，本人自懂事之日起，對任何榕樹（學名：Ficus microcarpa L.f.）都有點特別的感情。十幾歲的時候，有一段長達九年的時間，是活在榕樹處處的環境，跟樹羣日夕親炙，更覺彼此默契之深。以後在沒有此樹的外國多地或棲遲、或念書、或做事十五年之久，夢魂依故里，不時還有榕影婆娑的悲喜交集情懷。悲，是舉目不見「乾爸爸」；喜，是雄之榕和榕之雄沒有把我丟開掃入浪子羣中去。

以雄字讚譽榕樹是最適當不過的了。它不似紅棉，只顧拚命長高求出眾。它生長速度不快，但伸展出去的每分每寸都是扎扎實實的，絕不矜誇虛浮徒以表飾為尚。它的根深入抓緊了土壤才作枝葉發展大計。它有諸內才形諸外，所以你一看它的容貌，就覺得是樹幹也好、樹枝也好、樹冠也好，無不頂天立地，安穩可靠。

記得小時候自己所住臨河的房子，在臥室可以遙望渡口的「契爺」。看它高十餘丈，向四方舒展的枝葉所達那個圓周和今天一間普通大廈的地盤不相上下，那個氣勢，雖奇偉，但絕不駭人。任何觀者只要看看圍坐它樹根周圍的男女老幼在互打招呼，在笑語家常、在下棋猜謎等種種怡然、悠然的活動中，誰不了解榕樹的可親？身為許多孩子的「乾爸爸」，它默默地負起薰陶後輩的重任。孩子們長大了，每念到它那壯實高昂的身影，更念到它抵抗過多少狂風暴雨和驚雷駭電，自己即使環境坎坷，也會重新抬頭在人生的路上奮進了。

榕樹雄壯，也雄美。葉小而密，在冬盡春至的時候，淺翠好奇地探出頭來，一樹墨綠加嫩青映襯鮮明，堅亮與柔麗二者會同時歡頌生命的新歌。那季節，有心人應領悟美之為物，原不在金黃赤紫一大片。

在過農曆年的日子，家中總不乏牡丹的富貴、水仙的淡雅和吊鐘的清艷，但，奇怪，當日繫我小小心靈的，還是大榕樹。因為各式花瓶花盆中的美色，風華絕代一時，但不到兩個月，總會黯逝。至於雄之榕、榕之雄，卻天天在眼前、夢裏、日月下、風雨中，既超然亦凜然，是永恆的象徵。小孩哪裏懂甚麼永恆？但由於榕樹不離左右，永恆的實際，像清流，自然泛入幼嫩的心田了。

一九七六年睽違香港十幾度寒暑後，我東旋。想不到一九八五年遷居到寶雲道下竟赫然發現榕樹的另一項壯舉。原來它的根力大無窮，竟會攀着天橋的石壁矯然像火箭向空奮射的！根又會成幹而長枝葉，的確奇上加奇了。記得那一天呆立景仰，忽然給韓愈那句「橫空盤硬語」的橫、盤、硬三個字漫上心頭，繼而又道家起來，効莊子裏頭的文惠君讚嘆道：「譆！善哉！技蓋至此乎？」

回到香港曾為榕拍案，頭髮雖然沒有冠可衝，但怒衝筆鋒，寫過譴責某醫院砍伐榕樹的話。這光景有點像經歷殺「父」之仇，因為其中一棵巨榕是自己念小學時候已相識的。為此，直到今天我還不能饒恕那個批准砍樹的兇手。因榕樹而生的及烏之愛常在心頭，我承認自己在這方面是愈來愈狹窄了。凡看見或聽聞摧殘花草樹木的行動，包括在公園晨運時向植物吐痰涎的人，我一律痛恨！激情原出自無限溫柔。相信有識之士，會體諒，更進一步因環保關係會支持我心下的戀「父」情結。人類如果仍然有希望，榕樹在南中國應該日益繁衍增加才對，而榕樹之外的各類鬱鬱蔥蔥，在整個世界，也應該免受無端劈殺之禍。它們大大小小理合綠遍人間，揚灑葉葉青青漂盡塵寰的污染。

【小賞】

訴說對於雄榕的真摯深切感情，不亞於對「人」，源自「與生俱來」。凡有血性之人，讀之無不動容。謀篇佈局，早已成竹在胸；多方面的揮灑，均圍繞一個中心。文字細膩精雅多變，令人嘆為觀止。堪稱「環保」文章之典範。

我的童年，就在這三件不用錢買的「玩具」陪伴下，冉冉逝去。回頭看這幅童年畫像，匱乏卻又富饒，孤寂卻又熱鬧，一切那麼矛盾而溫馨，是誰賜予的？我實在幸運，想來還是值得炫耀的。

——小思

「玩具」

小思

小思

從戰火、貧窮、匱乏時代度過的童年，沒有甚麼值得炫耀的回憶。

且說說三件「玩具」，進學校之前，也就是說九歲之前，它們是我永不離棄的良伴。

玩具，怎麼要用引號？因為它們不是玩具。

第一件：觀蟻。螞蟻的生命力真強，連人類的食糧都缺乏的環境，牠們居然無處不在。家裏沒有甚麼東西足以惹蟻，可是黑蟻、黃絲蟻，總分成兩派，整天在許多角落來回走動。騎樓欄桿上，正是牠們必經大道。每天，我搬一張木櫈子，趴在欄桿旁，細細觀看牠們的陣勢。

黑蟻身形大，腰纖肚大，特別在吸了水分時，肚子脹得透明。

牠們走動得快，行列往往有點亂。黃絲蟻小巧淡定，列隊前進，沒有蟻會越隊。觀蟻，兩種蟻各有吸引力，黑蟻看得人眼花，但多戲劇性變化，黃絲蟻團結整齊，容易分清領隊和工蟻，卻嫌隊形保守，定睛看多了，會變成「鬥雞眼」。

牠們整天忙着搬運，有時搬食物，有時搬白色的卵。食物，是我假設的，因為牠們含着的小粒，我分不清是不是食物。牠們最大動作是搬別的昆蟲屍體，黑蟻一口咬住一隻比牠身體大幾倍的蟑螂腿，飛快前跑，好像毫不吃力。幾隻蟻合力扛動小截蟑螂屍體，就偶有忙亂了。

牠們太有秩序，不好看，我會很殘忍——真的殘忍，純粹為了自己快樂，用手指捏死隊中一隻蟻，或者向牠們潑水，陣腳一時大亂，我就等着看牠們怎樣在危難之後，重新整合。現在回想起來，那些給我捏死的蟻，真是死得不明不白，大概這叫天地不仁吧！

第二件：小藥瓶。從前吃西藥，藥丸用窄頸胖身的玻璃小瓶盛着。我擁有兩個這樣的樽仔，他們是一對，孩童無知，沒為他們分性別。我從紙盒中拿出來，把紅色藍色膠蓋拔出，斜斜蓋住瓶頂，從後面看，就是一對戴了紅帽子藍帽子、又胖又矮的小人。

每天，他們就是這樣活起來。我用手指幫他們移動身體，我扮成不同的聲音代他們說話，也跟我說話，講些甚麼，現在當然記不起來。我歪着頭，趴在桌子上，把視線移到與他們齊平，展開一天的對話。奇怪，這一對童年良伴，我竟沒有給他們改個名字。

第三件：不該用件來做量詞，它只存在我腦海裏：並不實存的小人國。那時候，我沒聽過小人國故事，只是不知何故生出這個奇怪想頭。家裏沒有人的時候多，孤單的孩子，藏坐在大藤椅裏，凝視着空蕩蕩的大廳，地上就浮現了街道、房子、車子和行人。它每次出現都同一形格，絕不因為幻想而變化。我可以說得出每條街道兩旁店鋪的樣子，也説得出每個行人的活動。我會讓街上有些事情「發生」，然後組成一個一個古仔——大概我又在自說自話了。這個想頭，不會是大人引起的，因為唯一跟我講故事的外祖母，只懂《水滸傳》和《三國演義》。我很快樂，每一次居高臨下，主宰着這個小城市。

我的童年，就在這三件不用錢買的「玩具」陪伴下，冉冉逝去。

回頭看這幅童年畫象，匱乏卻又富饒，孤寂卻又熱鬧，一切那麼矛盾而溫馨，是誰賜予的？我實在幸運，想來還是值得炫耀的。

（今天早上，新聞報道。一個家境富裕，擁有許多玩具的小孩子，因父母不在家，耐不住孤寂，跳樓自殺。於是，我想到自己的幸運。）

【小賞】

篇名標以「玩具」，其實説的是非「玩具」的「玩意」，煞有其事，娓娓道來，既回味無窮，又「今生有悔」，道盡「匱乏卻又富饒，孤寂卻又熱鬧」的箇中三味。結尾插入一樁新聞，令今昔社會、新舊童年產生鮮明強烈對比。

……在我們小孩子那年代，如果不是十分富足的家庭，大人們是不會給小孩子特別買玩具的。不管是男孩或女孩，要玩還得自己想辦法製造一點兒。哪像今天……

——謝雨凝

憶蜻蜓（外一章）

謝雨凝

近日，不知如何跟一位青年朋友談起了蜻蜓。她連一點概念也沒有，只是依稀地知道有一種紅色的大蜻蜓像飛機那樣，樣子挺趣怪的。

我說，蜻蜓有很多種類的，凡有水草的地方就有，有些我們喚作「丁丁仔」的蜻蜓不但身體幼小如鐵線，而且還有許多美麗的花紋呢！這位朋友聽得瞪大眼睛，說：真的？你見過麼？

我當然見過。我說。剎那間樂得飄飄然地，彷彿此身又回到那多姿多采的童年。

小時候，常常跟家裏的男孩子到附近山邊的草叢捉蜻蜓，然後用一個玻璃瓶子收藏着。捕捉的辦法當然很多了，對付大蜻蜓，我們用一種生膠去黏牠，只要把膠液塗在一枝粗鐵線上，就可以在短距離之內把牠的翅膀粘住了。至於那些小蜻蜓，則用食指和拇指在牠的尾部一挾，或是用手以迅雷般速度把牠兜捕在掌中，每一回都是大有收穫的。

我把這些經歷説出來，我那青年朋友又聽得呆了，連連説：怎麼你們女核子也玩這些東西？

我不禁笑了。她哪裏知道在我們小孩子那年代，如果不是十分富足的家庭，大人們是不會給小孩子特別買玩具的。不管是男孩或女孩，要玩還得自己想辦法製造一點兒。哪像今天，連不會説不會哭的嬰兒，未出娘胎已早有人給他們把玩具吊在小牀邊！

不過，這些話説出來，我眼前這位青年朋友是不會明白的。所以，她才對我們捉蜻蜓玩覺得這麼驚訝。我看出她的眼神流露了羨慕。我想，以她少女的心懷來設想那綠茵，那草叢，一定有如詩般的美，其實我們玩過的人都知道，那絕不是像詩般美的玩意兒。因為在烈日下玩，流一臉的汗水，滾一身的坭巴，目的只在捉到那小蟲兒，何曾會關心那藍天白雲以及遍野的碧綠呢！

我鍾愛的花樹

童年時，我對三種花樹最鍾愛，一是紅影樹，二是洋紫荊，三是紅棉。

小時候在澳門的家居是一處花樹圍繞的住所，正門是五六百年樹齡的一列老榕樹，而我房間小窗子對正的那一條橫路則植有一列紅影。這紅影樹有多老我不知道，不過每屆開花期，她的枝葉幾乎伸到我窗前，有時一陣風吹來，我近窗的書桌上，就灑滿了綠綠的碎葉子。我知道，這是風的訊息。春風通過綠葉向我報訊來了，這一小顆一小顆的綠，似是無數棵樹的心……。

我出門上學，繞過了長着老榕樹的長長綠蔭路。就會經過一條新闢的馬路，這馬路的兩旁種植了兩排新花樹，她們就是洋紫荊了。

洋紫荊新植像個黃毛小丫頭，比我身裁略高一點，初時只有綠色對開的蝴蝶葉，像小辮子似地在空曠的馬路上飄飄揚揚，但很快就長高了，於是紫色的花朵迅速開了一馬路，那情景真叫人樂得甚麼似的。因為我從小就酷愛紫色，所以也特別愛這洋紫荊。天天從這一條紫色的馬路走過，有說不出的愉快，直到今天，我還常常會在夢中見到這一條紫色的路哩！

紅棉，是我在一家女子中學念高小時，校園中最多的花樹之一。其中有一棵最高大的，就在操場當中。印象最深是在樹下走過時，常常無端被她那飛墜的花朵擊中……。

然而，紅棉於我始終不及紅影與洋紫荊親切。因為我只喜歡遠看她傲岸的樹姿，卻無意拾取她的花朵。

【小賞】

捉蜻蜓這樣平常的事，對於住在今天現代化都市的孩子是不可思議的，作者便用樸實淡然的筆觸道出。寫花一章生動描述出少女心中的「花事」，人的心理和花的姿態融合成一幅很美的圖畫，一種生趣盎然躍於紙上。

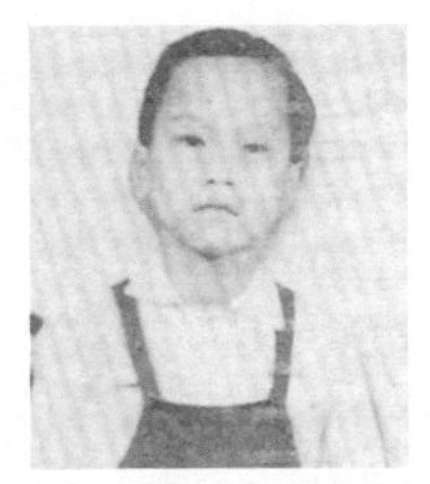

「自反而不縮，雖千萬人，吾往矣」，是她，後來才是孟子，教導了當年沒有被人屈打成招的小孩，甚麼是勇氣。
她，我的母親——其實是，養母。
——陳耀南

水壺・鐵箱・機關槍

陳耀南

「我說：你的兒子是賊仔！賊仔！」到今仍然縈耳的，是當日小四班主任M先生衝着我們母子的叫嚷。

同樣迴蕩不已的，是通宵不寐的審問、責打、申辯之後，無數次相對痛哭之後，她清清楚楚的結語：

「如果你自己確實沒有拿人家的墨水筆，那就堅決不要胡亂承認：不論老師、同學怎樣辱罵你、歧視你。最緊要是問心無愧。」

「自反而不縮，雖千萬人，吾往矣。」是她，後來才是孟子，教導了當年沒有被人屈打成招的小孩，甚麼是勇氣。

她，我的母親——其實是，養母。

「你生身的媽媽就當是我們的一個姊妹吧。總之，來歷不明。人家交給我時，你只是一個水壺般大小。年頭出世，年尾走難。那時怎有牛奶？吃的是番薯藤、糊仔，皮黃骨瘦，大的只是肚子。好多人都說你養不大。」大概是十五六歲左右吧，才從她口中，恍然知道一點自己的身世。

其實也不真正知道。更不完全知道。比不上人家記憶力好，三四歲時的事也可以津津樂道；比不上人家有兄有姊，親戚眾多，幼年的事情，也可以獲得旁證。幼年的種種，是一片空白，甚至比不上孤島上某個沒有文字的部落蒙昧模糊的遠古傳說與神話。

最早的記憶是海邊岸上那個移動的大鐵箱，電車。邂逅於一九四六。六歲的我，從新會江門到港島的上環或者西環，抬頭一見。

新會是養父的故里，姓陳十分普遍。不過我們是崖西京梅，不是外海。籍貫，姓名，成長的機會，都是養父母——不，父母親——的恩賜。其他事情就都算了。人生的謎團，天地間的遺憾，正多着呢！

回港之後，父親就又坐好幾十日船，趕去澳洲墨爾本，在族伯店裏工作。母子二人就租居在銅鑼灣渣甸街。那時這一帶除了少數四層的洋樓外，都是兩層的舊唐樓，我們就租住其中一間尾房。一下雨，瓦面漏水，要撐起油布，並且不時要把逐漸下墜的油布腹部頂起，讓其中的積水像飛瀑般瀉下預設的面盆，痰盥。有時落難失控，或者同樓的小孩撒了尿，液體穿滴到樓下，居住樓下的苦力，就會不斷用擔挑頂撞樓板，一面怒罵：「菩那麼！」「澤冷施！」嚇得小孩們立即停止啼哭。

不下雨的時候，我就反轉小木櫈，盛了幾十枝大柴和柴刀，沿陰暗陡直的木樓梯走下街中，一面坐在櫈子上破柴，以備母親燒飯；一面欣賞那些派報紙或者賣「飛機欖」的，準確而敏捷地一轉腰把東西從街上飛送到二三樓甚至四樓的騎樓（露台）去。

那時怡和街、糖街一帶還是貨倉，再過電車總站就是寂靜的高士威道，一邊是晚上人們蹲在岸邊吃艇仔粥的避風塘，一面是後來建成球場和皇仁書院的荒地，我們一班小童，就常常沿途拾集雪條捧子，回家沖淨，煮過晒乾，就可以裝配成一挺挺大小不一的機關槍了。

當然，橡筋是不可缺少的結紮用具；張在板掣和準頭之間，就是蓄勢待發的子彈。那些用三枝香腳屈曲穿插成為一個「又」字與一個「十」字所構造的橫戈大將，雖然左搖右擺，八面威風，一被機關槍的橡筋擊中，就立即迸碎，即如當年世界各地的「落後」民族，一碰到大英帝國的利炮堅船，都紛紛瓦解，因此才有殖民地的香港與澳洲。

從澳洲到香港，從五十塊到兩百大元，就是這幾年間父親每個月匯給我們母子的家用，包括了我在嶺英、振華等小學的學費。嶺英在後來夷平了的小小的利園山上，一籬之遙的銅鑼灣麥當勞，就是振華的舊址了。從二年級到畢業，我在振華念了好幾篇一生受用的古文，至於最初啟蒙，卻是跑馬地山上的培僑。記憶中，好長的斜路，好大的操場。在這裏，只念了小一下學期，腦海裏灌滿了老師們津津樂道的兩個名詞——「共產黨」、「解放軍」。

【小賞】

個人身世無不和社會變遷、時代滄桑緊密相連。開頭一段感人至深。童年環境的侷迫、童年生活的單調並沒有減少懷念的強烈，也不妨礙一個好玩的孩子日後成為博學多才的博士。文章頗生動幽默，場面令人忍俊不禁。

童年最開心的事之一是跟父親去釣魚。

或許因為我年紀小，他從來不讓我跟他一齊釣，我只是坐在他身後。分享那把魚兒扯上水面的樂趣。

——阿濃

父親和我

阿濃

童年最開心的事之一是跟父親去釣魚。

離家不遠有一個名叫洗馬池的大池塘，據說是岳飛洗馬的地方。因為有運河的活水湧進來，所以塘裏時常可以釣到較大的魚，而野生的鯽魚最是容易上鈎。

我們找一處樹蔭坐下，看看水面的浮子，當它輕微顫動時，是有魚在碰撞試探了；然後浮子急速下沉，是魚在吞餌了；這時父親把魚竿一提，魚絲被拉得筆直，竿子彎曲如弓，一條掙扎着的鯽魚便被潑拉拉地拉上水面。父親把牠從鈎上解下，丟進養在水裏的竹簍中。或許因為我年紀小，他從來不讓我跟他一齊釣，我只是坐在他身後，分享那把魚兒扯上水面的樂趣。

釣上來的鯽魚交給媽煮，最香的一味是葱烤鯽魚，爸喜歡用來送酒。

爸喜歡喝酒，有時是高粱，有時是五加皮，叫我到街上的酒店裏去買，順便到路旁一間茅屋裏向一個老婆婆買幾個銅板花生米。我年紀雖小，卻也覺得酒的氣味很香。爸高興時會讓我試一口，我也不怕辣。他説我大了可能比他更能喝。不過有一次爸醉了跳到門前的小河裏去，要幾個大漢把他撈上來。這件事使我很痛心。因此我後來雖然在高興的日子也會喝半杯，卻從來不曾讓自己喝醉過。

爸的舊文學底子極佳，主要靠自學，卻是詩詞書法篆刻都有一定的造詣。我讀的是現代小學，那中文課本淺得很，於是爸在家裏教我讀《幼學瓊林》，那是一本介紹典故的書，許多故事我都是從這本書第一次獲知；還有《千家詩》和《唐詩三百首》，另一本讀得最多的是《古文觀止》。有一個晚上，我們聽到屋外有很響的風聲、濤聲，一同走出屋外看看，但見明月高掛，樹梢動也不動，但那聲音卻在頭頂繼續響着。爸説這大概就是歐陽修描寫過的秋聲，回到屋子裏他打開了《古文觀止》，找到了那篇《秋聲賦》，一句一句的解釋給我聽。至今我仍記得那些句子：「如波濤夜驚，風雨驟至。」「又如赴敵之兵，啣枚疾走；小聞號令，但聞人馬之行聲，」「星月皎潔，明河在天，四無人聲，聲在樹間。」

父親的書法在鎮上極有名氣，平常固然有人來請他寫招牌大字，一到農曆歲末求他寫春聯的真是不絕於途。父親不但為他們寫，還根據店鋪的性質，甚至把它們的字號嵌進聯中。磨墨是我的工作，幫着拉紙，幫着把寫好的春聯抬放到地上讓它乾也是我的工作。人家當然不會白請父親幫他們寫，送來的雞呀、肉呀、年貨呀，吃也吃不了那許多。

我們自家大門上的一副總是留到最後才寫，最記得那一年他寫的是「英雄本色，名士風流」，這是極少人敢這樣寫了貼在大門上的，倒是反映了父親那帶點狂放的不同流俗性格。

我讀書的時候對新文學產生了濃厚的興趣，我知道那根源仍來自父親的藏書，可是我卻沒有跟他學作詩、填詞、寫字、刻印，雖然他曾經收過幾百個學生，卻不包括我在內。

父親去年夏季永遠地離開了我們，我心中想過的在退休之後跟他學寫字的願望已永遠不能實現，這實在是一樁無法彌補的遺憾。

【小賞】

父親值得一記的事當不少。本文經排比、細濾之後，終於只挑選了兩件：釣魚和書法。由於描寫具體，能夠很好表現出作者父親那沉默、瀟灑的性格。每人的童年成長和父母親的教育（身教尤重於言教）關係緊密，本文提供了一個範例。

我們一羣小孩，心中還沒有屈原，耳中聽不到鼓聲。眼中也看不到龍船的錦旗飄揚，卻會倒拜屈原之賜，可以盡情享受龍船之水……

——黃國彬

龍船水

黃國彬

我的端午，在遙遠的鄉間歲月，還未與大詩人屈原拉上關係。我這個小孩，當時只有幾歲的年紀，未懂《離騷》和「九歌」；龍舟競渡的風俗又早已在「破舊立新」的黑風中式微。我在鄉間，也就聽不到驅蚊的鼓聲。不過無論政治的力量有多大，汨羅江的綠水始終在神州的大地上流動，沒有停止過一刻。我童年的端午記憶，也就充滿了水聲。

老家新興，是廣東省一個頗為偏僻的縣，東邊是逶迤北流的新興江。新興江是個地理名詞，我日後翻地理書才認識；童年的歲月中，我只知道它叫東門河。

我們的村子叫鼎村，離縣城約有數里。村子後面有山，叫屋背山。村東和村西是水稻田和更多的山巒。村邊有八個魚塘。魚塘的對面是另一座山，比屋背山高，叫面前崗。面前崗之麓有一條尺多兩尺深的小溪，蜿蜒經西南的水稻田流入東門河。如非山洪暴發，小溪通常十分清澈。可是我們一羣嗜水的村童，總嫌溪水太淺，不能滿足我們的游泳需要。村邊的魚塘較深，可以把丈多長的竹竿淹沒。可惜魚塘大都有木造的廁所，方便一村的老幼。平時，我們雖然不介意塘水骯髒，常常跳進裏面游泳，但一般還是喜歡走十來分鐘，到東門河去沉浮。東門河頗為寬廣，河水奔流不絕，最深的地方超過一丈。此外，從下游運貨到新興的木船，都舶在西岸的碼頭，正好為我們提供遊戲場所。我們這些小孩，總愛在東門河跳水、潛水，或從船的這邊鑽入水中，潛到船的另一邊才冒出水面。現在回想起來，這樣的玩意實在危險。因為歷年來在東門河戲水而遭遇意外的孩子多不勝數：有的跳水時頭部觸石而死；有的泅水時在漩渦裏沒頂，再也不能靠岸；有的從二三丈高的東門橋奮身一躍，頭前腳後地插進了水中，再也沒有蹤跡。然而，這些事故竟不能給我們一點點的啟發。在小孩子的詞典裏，哪裏會有「危險」一詞呢？我們一羣村童，長期與死亡摩肩，居然能夠成長，大概是命不該絕吧？

我們鄉間的詞彙很特別，游泳也好，戲水也好，一律稱為「洗身」。小孩子愚蠢魯莽，在塘裏、河裏洗身，就會急壞父母和長輩。村中的人大清早上田前，總諄諄告誡孩子，不要到魚塘或河裏洗身。可是我們總喜歡背着母親和長輩，偷偷地跳進魚塘裏泡，或溜到東門河的樹蔭深處逐浪翻波。鄉間的孩子沒有城市的孩子文明，游泳時都奉行天體主義，見班上的女同學走過，也不覺得難為情，依然一絲不掛，大搖大擺地在她們跟前走動、跳水；甚至從水裏跳出來，走到她們面前，和她們聊天。我們赤裸裸地站在女同學面前時，比天體營裏最自然、最大方的天體信徒還要自然大方。那時候，我們是尚未失去樂園的亞當，未偷吃禁果，羞恥不會在心中萌發。儘管如此，我們洗身完畢，還是要穿上衣服的。有一次，二叔婆見我屢教不悛，再次在魚塘裏當浪裏白條，又奈何我不得，於是心生一計，把我放在塘邊的褲子拿走。我在水中遠遠看見，慌忙游回塘邊登陸。可是我登陸後，二叔婆已經走了。於是只好像個小亞當，狼狽地跑到二叔婆跟前，苦苦哀求，並答應以後不再洗身，才取回了褲子。不過要我這個小水怪與水絕緣，是註定失敗的。我從二叔婆手中拿回了褲子，很快就依然故我，忘記了赤身立下的信誓，一有空又再度到塘裏、河裏載沉載浮。

二叔婆出於好意，不想侄孫早夭，見我洗身，就加以制止，真正是苦口婆心。但是防止我洗身的主要責任，最終仍落在母親肩上。我們村子的魚塘和新興城東門河的水鬼、河伯，歷年來接走了多少孩子，母親是十分清楚的。她不想兒子被水鬼或河伯召去，因此一再把村中小孩遇溺的故事向我複述。

一般說來，實例的教訓功能遠勝於抽象的理論；可是用在我身上，始終沒有收到預期的效果。有一天，我又在塘裏洗身。鄰居的長輩看見了，告訴母親。母親晚上歸來，雖然知道我再度拿生命開玩笑，卻沒有責備我；不但沒有責備，而且和顏悅色，叫我吃菜、吃飯，大出我意料之外。唔，大概母親也像我一樣，覺得到魚塘或河裏洗洗身，也不要緊了吧？於是我滿懷高興，覺得入口的飯菜特別香。吃完晚飯，洗了澡，就躊躇滿志地上牀睡覺。不料到了夜半，好夢正酣間身子感到一陣劇痛；於是大驚而醒，發覺母親正揮着棍子向我身上拷打。而且一邊打，一邊罵，罵我冥頑不靈。村中已經有這麼多的孩子遇溺，還屢教不改，一再洗身，有一天一定被塘中的水鬼召去。這時候，我才恍然大悟：母親吃飯時不教訓我，是怕鄰居過來維護，把棍子的教訓功能減低；夜半等我入睡後施罰，無論我如何呼救，鄰居的長輩都不會聽到；這樣一來，體罰的功能才能全面發揮。

現在看來，母親的教子方法也許不算盡善；和父親的方法也大有出入。我十一歲那年重返香港後，父親不但不反對我游泳，而且經常鼓勵我到海中鍛煉身體。我日後沒有變成書呆子，在游泳比賽出盡風頭，父親的功勞最大。現在，我教子的方法也與母親教我的方法有別：有空時，我常帶兒子到游泳池裏習泳，而且比父親更開通。不過母親的教子方法，在當時的條件和環境下，也大有道理的。第一，鄉間沒有游泳池；小孩子習泳時既沒有教練，也沒有救生員在旁照顧；單獨跳到塘裏或河裏，的確十分危險。第二，母親本身不諳水性；「解放」後又被迫加入生產隊，穿着笨重的衣服到魚塘裏挖塘泥，塘水齊腰時失去重心，毫無憑藉，就感到無限惶恐；但為了只值一角錢左右的工分，不得不載沉載浮。因此，在她的心目中，水是「危險」的同義詞。第三，母親沒有進過學校受正式教育，不懂得如何用疏導方法教子。加以她每天要去勞動，留下七八歲大的兒子在水鬼、河伯的引誘中成長，自然會提心吊膽，不知道晚上勞動歸來，兒子是否會遭遇不測。在這樣的處境，母親的心理壓力是可以想像的。假如我在同樣的處境當父親，相信教子的方法也不會比母親高明多少。

江山易改，水性難移。母親的苦心像二叔婆的好意一樣，到頭來也註定白費。她夜半體罰我，打得我大叫「以後不敢洗身了」，仍未能把我改造；過了不久，我又是浪裏白條一名。現在回顧，覺得我當時完全辜負了母親的苦心，完全不明白她嚴禁我洗身的用意。童年期間，我在塘裏、河裏洗了無數次身，而沒有被水鬼和河伯召去，實在是一時僥倖；或者因為天生天養，命賤而不招鬼妒。

禁止我洗身，是母親養子的戒律。不過在農曆五月初五端午節那天，她卻會鼓勵我到何裏去洗身。據我們鄉間的迷信風俗，五月初五的河水叫龍船水，能怯除百病；孩子洗了，一年內都會康強。因此到了五月初五那天，村中的母親都叫兒子到河裏去洗身。母親和其他村民一樣迷信，到了這天，也會解除水禁，叫我到東門河去洗龍船水。母親在端午解除水禁，還因為她像其他村民一樣，相信「未食五月粽，寒衣不敢送」；到了五月初五，也就是吃五月粽的一天，寒衣敢送，河水轉暖，孩子在河中洗身也就不怕着涼了。

在我看來，龍船水和東門河平常的水沒有甚麼不同。不過由於母親的水禁解除，我和村中的小同伴在河中嬉戲時，總感到特別暢快，這一天，村中的人會在大門兩邊插艾，然後拿蚊帳到河裏洗濯，以取端午的吉祥。我們一羣小孩，心中還沒有屈原，耳中聽不到鼓聲，眼中也看不到龍舟的錦旗飄揚，肌膚倒拜屈原之賜，可以盡情享受龍船之水，而無挨罵或挨打的後顧之憂。

離開鄉間已有三十多年了，而且早已過了「不惑」的大關。最近聽說東門河因當政者管理不善，已經乾涸得不像河流。於是，在龍舟鼓響的日子，我又想起游龍船水的歲月，想起一個七八歲的小孩在時間上游戲水的聲音。

一九九三年六月十日

【小賞】

圍繞對「洗身」（游泳一事）的細緻描寫，連帶童年河畔的景物、村莊的習俗、親人的思想觀念、童真的風趣……全歷歷在目重現。有議論，有反省，有分析，是一幅蘸滿感情之水的小型鄉村風俗畫卷。

童年吃喝最大的享受，現在回憶起來，就是豆漿雞蛋油條這樣的早餐。那時，不知道魚翅龍蝦為何物，當然也沒有麥當勞漢堡包甚麼的。

——黃維樑

黃維樑

簡樸的童年

黃維樑

我在鄉下出生，近七歲才讀小學。鄉村的小學，一切甚為簡陋。我那個小書包，就得三數本薄薄的書，一兩枝筆。玩具嗎？一隻口琴，一塊乒乓球板。球板是木的，沒有膠，上書「眼明手快」四個字。那是大哥的獎品，他參加比賽贏來的。

八、九歲的時候，來了香港，住在西營盤。是潮州人，我一句粵語也不會，ABC也是全然陌生的。小學三年級的課本不深，但我上課時甚麼都聽不懂。幸好班上一位小同鄉，時時指點我，為我做翻譯。我的疏離感、恐懼感才漸漸消失。第一個學年結束的時候成績表到手，我竟然在班上考了個第一名。

童年的生活，就是簡單的讀書生活。早上從海邊向山上走，西邊街是一條斜而直的小街。到了第二街街口，停下來，喝一碗豆漿，吃一條油條。吃完了，用手帕抹一抹嘴巴，飽足而滿意，繼續走路。那是五十年代，豆漿一碗五個仙，油條亦然。有時媽媽多給點零用錢，我就請賣豆漿的伯伯打了一隻雞蛋在豆漿裏。冬天的早上，熱騰騰的白色豆漿，碗裏蛋黃和蛋白混混沌沌，油條金黃而鬆脆，我吃喝得汗珠滿額，十分快意。豐盛的早餐，供給我動力，讓我做一個勤奮好學的學生。

童年吃喝最大的享受，現在回憶起來，就是豆漿雞蛋油條這樣的早餐。那時，不知道魚翅、龍蝦為何物，當然也沒有麥當勞漢堡包甚麼的。

穿的是校服：白色的恤衫，藍色的西褲。平時穿黑皮鞋，上體育課時穿白布鞋。那時大概還沒有Nike等名牌運動鞋，即使有，也一定與我無關。父親入息有限，而兄弟妹共五人，父母量入為出，用錢十分省儉。有一次，父親帶我去買白布鞋，在皇后大道西上一間一間鞋店地問，幾乎從西營盤一直走到上環，才買到一對他認為價錢公道的。我得到這對球鞋，自然視之為寶貝，比灰姑娘的玻璃鞋還要貴重。

上學放學，都走路。坐車呢，只坐電車。那時香港沒有高速公路，最快的交通工具，時速大概不超過四十英里。當電車在海傍的直路行駛時，司機不斷按掣加速，又敲起鐘，叮叮噹噹響個不停，簡直是風馳電掣，異常威猛。日後我在美國的超級國道上駕車飛奔，時速八九十英里，感覺上反而沒有海傍的電車飛馳那般昂揚。

甚麼事情教我坐電車呢？多半是為了領獎品。我參加填色比賽，有獎了，我向報紙的學生園地投稿，刊出來了，於是去領獎品。家裏買《星島晚報》，報費一角錢，我家的精神食糧，主要就靠它了。本港新聞、國際新聞、體育娛樂消息、副刊、廣告，我們都不放過，父親喜歡讀戎馬書生和任畢名的文章，我喜歡看每星期一次的《好兒童之友》園地。莉莉姐姐和張揚叔叔每星期日都有文章和小讀者談天說地，總有些親切而勵志的話。

家裏的書不多，學校圖書也有限。課本之外，我找到甚麼書刊就讀甚麼，居然也看了不少書。西邊街街坊福利會的小圖書館，也是我常常流連的。那時大會堂還沒有建築，畫廊、藝術館似乎甚少。家裏有溥心畬親筆寫的「文湘別墅」四個字，有齊白石四幅小品的複製畫。父親一一懸掛，竟然也使我對書畫有了嚮往。我到了中學一年級，才第一次聽到《藍色的多瑙河》（一聽就喜歡得不得了），那已是我的少年期的開始了。

回憶童年的日子，生活簡樸，卻有充實甚至豐盛的感覺。目前的兒童，物質方面比我那一代豐美多了。近日小兒整理房間，書籍、錄影帶、鐳射唱碟等等，一堆堆一疊疊，目不暇給，耳不暇聽，時間都好像不夠用了。這些都是他讀小學時就開始積累的。物質多，分心的事物也多，反而不及我童年時那樣專心致志，那樣悠然自得。「幸福」的新一代更不懂得惜物。東西得來容易，因此不會珍惜。我的一隻口琴、一個球板、一雙球鞋、幾本書，都有我的情在其中。童年生活，簡樸而又豐足。

【小賞】

雖然寫的是很平常的衣、食、住、行方面的生活細節，但亦已看到當年社會的寧靜和市風的淳樸。「夫子自道」中，讓人讀到作者的靜乖和自愛，從中可以捉摸到其日後治學問有成的因素。文字清通流暢，舊香港城市的色彩從字裏行間呈現出來。

失學已是痛苦與不幸，被剝奪念母語的權利，就不只是痛苦，而是幾近於做亡國奴的辱恥。方塊字在日寇的刺刀下被趕出學校大門，但是日寇的刺刀無法將方塊字從我們父輩的心中趕出去。

——駱賓路

三年零八個月

駱賓路

我的童年本來是很幸福的。六歲入學，蹦蹦跳跳上了一個學期，好不快樂！誰知第二學期還沒結束，太平洋戰爭打響，一夜之間，我就給扔進戰爭的漩渦，成了失學兒童。

一九四一年十二月八日，日軍空襲新加坡那晚，我在睡夢中。日軍的飛機已深入新加坡上空，扔下炸彈，空襲警報才拉響。我被大人叫醒時，第一次聽到這「嗚——嗚——」的怪叫聲，還不明白是甚麼一回事。大人亂着一團，吆三喝四喊醒一家大小，一個抱着弟弟，一個拉着我就往外跑。等到躲進一條街外的地下防空室，我和雙親、兩姐一哥一弟全走散了。防空室裏亂哄哄，小孩子啕哭，人人神色凝重，人家驚慌失措擠成一團。我挨着一個婦人身邊坐下，她伸手把我抓得緊緊。

空襲過後，我第一次看到大姐哭了。因為從災區傳來的消息證實她的一個同學給炸死了。自從看過大姐哭那一刻，以後一聽到那鬼嘝的「嗚——嗚」聲，我也懂得害怕了。「嗚——嗚」過後，必有人死。

大人說：「打仗了！」

打仗了，我的幼小心靈被迫去面對血腥、飢餓和死亡的生活。

新加坡被偷襲，前後不到三個月，接着就淪陷了。鐵蹄下的生活，一捱就是三年零八個月。這段日子，我家裏丟了兩條命：一是祖父，因為挨了日軍一腳，臥病不起，睜着眼睛離開這個塵世；一是我的妹妹，因生於戰亂，缺吃的，加上患病，出世幾個月就夭折了。匆匆來這世上，也匆匆離開這世上。

因為戰亂，物資奇缺，島上的居民吃的是配給糧，就算拿到糧卡，到米店也未必買到米。沒法子，只好找些空地種植木薯充飢。但是長期吃木薯，會得腳氣病。那年頭，得腳氣病死的，不乏其人。

大人要面對飢餓，小孩子更加悲慘，除了要面對飢餓，還要面對失學。日軍不准島上的炎黃子孫念母語，強迫他們改讀「大和民族的文字」。方塊字被討伐的悲慘情景，遠比都德筆下《最後一課》所描述的還要令人心酸得多。在《最後一課》裏，哈墨爾先生還能在黑板上寫下「法蘭西萬歲」作為告別，我們連這樣的告別都沒有，就從此沒有方塊字可讀了。失學已是痛苦與不幸，被剝奪念母語的權利，就不只是痛苦，而是幾近於做亡國奴的辱恥。

方塊字在日寇的刺刀下被趕出學校大門，但是日寇的刺刀無法將力塊字從我們父輩的心中趕出去。為了讓我們認識方塊字，家父千方百計安排我和大哥在一個滬籍教師門下，偷偷補習母語。找到舊課本，就用舊課本授課。找不到舊課本，就由老師寫在紙上教我們認讀。除了讀書認字，我們還要學習寫毛筆字。由於物資短缺，一塊墨，一管毛筆，我們都要妥善保管。在當時，這樣偷偷摸摸學習母語是要冒砍頭之險的。我就是在這樣的艱難的環境裏，修完小學三年級的語文課程。新加坡光復，我們才有機會入學受母語教育。因為失學三年八個月，不少人讀完小學時已是十六七歲了。個別入學遲的，畢業時已經二十歲了。時至今日，每當回憶起這段被日軍剝奪學習母語的慘痛經歷，我都耿耿於懷。對於那些身為中華民族的後人，卻鄙視母語教育、抗拒使用母語，我想應該讓他（她）們重溫這段歷史。

童年經歷過第二次世界大戰的人，都有自己的不幸版本。我們都咬緊牙關熬過來了。

之所以「白紙黑字」寫這段文字，因為最近給有關方面遞交一份申請時，年輕的辦事小姐看我無法提供六歲以後到十歲的入學證明，問我，為甚麼三五年出生，到四六年，十一歲才入學？我告訴她，因為戰亂沒有書讀。她要我「白紙黑字」寫清楚。

這就牽出這段童年舊事。

寫這段回憶時，我的心在哭！

【小賞】

堪稱都德《最後一課》的「新加坡版」，悲慘處甚至有過之而無不及。作者對於「方塊字」在日統時期被禁止有切膚之痛，寫來字字淚句句血。今日華族子女不少人並不珍惜對方塊字的學習，令人感慨萬千。讓我們對這一篇作者寫時心仍在哭的文章不妨細讀再三吧！

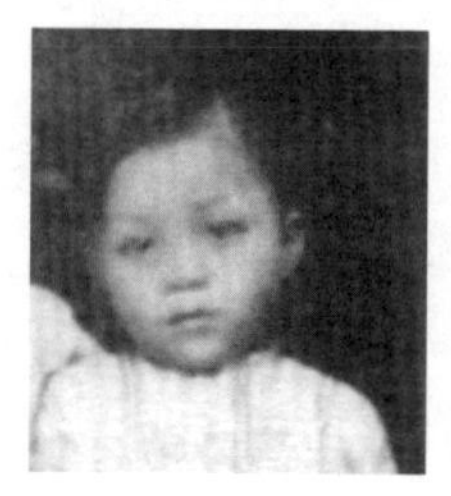

這段黑暗無聲的歲月，全靠西瓜皮這一枝枝神筆和祖屋磚地這一塊塊紅方格，填補了我知識的空白，充實了我精神的世界。

——王一桃

西瓜和我

王一桃

熱帶有那麼多奇異而甜美的水果，你猜我喜歡哪一種？被譽為果王、且具有美麗傳說的榴槤，還是和果王並稱的果后山竺？都不是。至於其他品種如紅毛丹、「魯古」、「拉沙」、「惹木」乃至叫不出名堂的那更加不是了。奇怪，出生在馬來西亞東海岸的我竟不像當地的峇峇、娘惹一樣「榴槤出，紗籠脱」，或者一見到巴刹果攤堆積如山的其他熱帶水果垂涎三尺，而是對除了熱帶以外，其他地帶也能生也能長的西瓜情有獨鍾——這到底是怎麼一回事？

原來，還是在穿開襠褲滿地爬的年紀，我就已喜歡在地上塗塗畫畫了。我家在丁加奴最熱鬧的唐人街，馬來話叫「甘榜支那」，祖屋是做「唐山」福建同安的老家起的，大門上掛着「崇安」的門匾，兩邊掛着木刻的楹聯。說來你也許不會相信：我三歲多父親就已教我認字了。「崇安」這兩個字我不僅會唸，而且會寫，用的就是全家吃剩的西瓜皮，蹲在地上在一塊塊紅方格大書特書。紅磚的吸水力非常強，字剛寫上幾秒鐘，水分就被它吸乾了。比起用粉筆在小黑板書寫方便得多、經濟得多，既不必擦拭，也不用花錢，真是再好不過了。只可惜，我還沒到四歲，父親就不幸因病去世，從此，我只有無師自通了。

到過南洋的人都知道，那裏只有晴季和雨季，天氣非常炎熱，用「酷熱」二字來形容一點也不過分。即使雨季，也沒有帶來多少涼意。我在家幾乎天天打赤膊，只穿一條短褲，正如馬來男子一年到頭腰圍一條紗籠一樣，但仍汗流浹背。正是因為太熱了，所以人們經常吃西瓜，目的在於消暑解熱。西瓜有兩種吃法：一是把整個瓜剖開，再切成片片，然後每人各拿一片來大快朵頤，或是切成一塊塊，放在碟子上，用牙籤或銀叉叉起來品嘗；一是把西瓜剖開兩半，每人各拿一邊，用湯匙舀，就像吃冰淇淋似的。我倒喜歡第一種吃法，因為剩下的皮正好成為我最佳的毛筆，可以讓我在紅方格上揮灑自如；不像別的小孩，吃了半邊西瓜後便拿西瓜皮當鋼盔，雙方打起仗來，好玩是好玩了，但總沒有我和文字打交道的意思大。

「甘榜支那」只有一條街，是沿丁加奴河而建的。一式的中國的傳統建築，和對河馬來人的亞答屋相映成趣。這條唐人街，不論是商店或住家，都掛着中文招牌和門匾，自然也是少不了對聯。整條街就像「三希堂」，收藏各家墨寶。徜徉於其間，就像走進書法的藝術世界。我父親生前經營土特產的出入口生意，靠河起了一個很大的貨倉，叫「聯安棧」。「安」就是「崇安」的「安」，我早會寫了。「聯」和「棧」則是生字，後來我也很快學會了。從此，我每次和大人上街，總是特別留意各式各樣的招牌和門匾，甚麼「九龍汽水」啦，「海天酒家」啦，「永安堂」啦，「新美香」

啦，「福建會館」啦，「廣東會館」啦，「甲必多」啦……無不默記在心。等回家一吃完西瓜，一個個新字便從「筆」底湧出，弄得大人感到驚異非常，東一個「神童」、西一個「神童」地叫開了。

其實，「神童」根本談不上，我只不過是認得招牌和門匾上的字罷了，那些對聯上的字我懂得寥寥無幾，意思更是一知半解，不講別家的楹聯，只說我家的那副：「案舉案時端木操心勝算；安勤安儉范公克己嘉規」，我就莫名妙了。「端木」何許人也？「范公」又是何人？我只懂得其中的「操心」、「勤儉」這些意思，其他的就「不求其解」了。又如「丁加奴」和「登嘉樓」，一簡一繁，名稱一樣，詞義褒貶不同，我當時也辨別不出。應該說是一個傻瓜才對。

然而，沒有西瓜，沒有西瓜皮，就沒有我的文字根底和書法基礎。雖然我生不逢時，父親早逝，日寇南侵，家道中落，厄運頻來，就在我才上小學不久，新馬兩地就淪陷於「皇軍」手中，從此足足失學了三年八個月。這段黑暗無聲的歲月，全靠西瓜皮這一枝枝神筆和祖屋磚地這一塊塊紅方格，填補了我知識的空白，充實了我精神的世界。否則，光復後我重進小學就不會名列前茅，參加各項比賽就不會連連得獎。記得我小學三、四年級時就得過書法比賽和作文比賽的冠亞軍，五年級還當上學生自治會學藝股股長，主編《墾荒》和《餘甘》等班刊校刊，而小學的習作《丁加奴之夜》竟能在當時的《星洲刊報》發表——試問，我怎能不特別喜愛西瓜，又怎能不衷心感激西瓜皮呢？

一九九四年三月

【小賞】

取材別出心裁。訴說童年寫字史，竟與西瓜筆結下不了緣，油然使人聯想起古人刻苦讀書的許多故事。勝在富現代氣息，又糅合了異域環境色彩，是一篇勸人向學、好學不倦的佳作。

三年八個月的戰時生活奪走了我家四口人的生命，至今回憶起來，仍不免有悲凄之感。這段童年最早的記憶一直深深地烙印在我心坎中，在我這一生一世中永遠也忘不了。

——忠 揚

戰亂中的日日夜夜

忠揚

我出生於一個戰亂的年代。

現在回憶起來，我的童年時代是那樣悠遠，那樣恍惚；然而，當年生活中的幾許段情片景，竟是那樣清晰，那樣真確，不因歲月的流逝而有所淡忘。

童年的我，既沒有玩具，也沒有一同嬉戲的友伴，更不曾聽過歡樂的歌聲，伴隨我童稚的心的，只有無邊的寂寞、驚心的槍炮聲，以及死神的可怕陰影。

我最早能夠記憶的童年第一件事，就是日軍進佔新加坡。

我的三歲生日剛過不了幾個月，日軍已佔領了整個馬來半島，接着，就是派出飛機轟炸新加坡。當時我們一家人和其他市民一樣，在家裏築起防空洞，躲避日機的轟炸。

我家中的所謂防空洞，其實極為簡陋。

家人在樓下飯廳的樓梯下，用兩張高腳長櫈架起兩片厚厚的楠木，算是防空洞的頂蓋；洞的背後是與客聽相隔的一堵牆，左邊是樓梯下的儲藏室，右邊則用沙包和米包壘成一道防彈的屏障，洞只是用幾層拆開的麻包袋作布簾。

日軍一日多次輪番轟炸，市裏的防空警報站一旦發現敵機飛來，即刻發出刺耳的嗚嗚響聲，我們一家人馬上擠進窄小的防空洞裏，屏氣靜息地等待命運的安排，心中卻默默地祈求上天的保祐。那時節我每每害怕地躲在媽媽的背後，連動也不敢動一下，一會兒就聽到炸彈的呼嘯聲、爆炸聲，接着空氣中立即瀰漫着一陣濃濃的強烈火藥味。

不久，新加坡淪陷了，日軍進城的當天，我雖沒聽到炸彈的爆炸聲，卻聽到槍聲、機槍聲、日軍的吆喝聲和撕裂人心的慘叫聲。這些聲音令人聽了毛骨悚然，心驚膽跳。

第二天，城裏的華人全被日軍趕押到臨時設立的集中區，接受日軍的檢證。我記得當時媽媽揹着大弟弟，右手抱着小弟弟，左手牽着小姐姐，小姐姐又牽着我，跟着不斷的人流，沿着滿是瓦礫和玻璃碎片的小路走向集中區。一路上所見的，都是斷垣殘壁，街邊道旁還橫躺着幾具被炸死而沒人收殮的屍體呢！

檢證結束後，我們正在慶幸一家人都能平安地回到家中，卻不料我那還在襁褓之中的小弟弟，因媽媽受驚嚇而沒奶水，以至飢餓過度，再加上中暑而不幸夭折。

日軍佔領期間，糧食奇缺，每家每戶只配給少得可憐的口糧，這些米糧不但摻雜沙粒，而且大多霉爛發臭，簡直難以下嚥，而番薯、木薯一類的雜糧也難得一見，至於其他食品就更不必說了。我那一歲多的大弟弟因營養不良而患上了軟骨病，一歲多的還抬不起頭來，沒多久，他就悄悄地離開了人間。

兩個孩子相繼死去，給我媽媽的打擊很大，她終日鬱鬱不樂，不說一句話，總是愁眉苦臉的。我和小姐姐不敢纏着她問東問西，怕她傷心難過。日軍佔領新加坡的第二年，不知怎的，媽媽喉頭的前面竟長出一個肉瘤，而且越長越大，大得她連說話和呼吸都感到困難，當時雖請了中醫來診治，但卻沒錢送她去醫院開刀（其實當時醫院根本不替平民治病），只能活一天拖一天，結果不到一年的時間，媽媽敵不過病魔的折磨，終於撒手人寰。

媽媽去世之後，由大媽照料着我和小姐姐的生活起居。

戰時的歲月似乎過得特別緩慢，我和小姐姐不但沒書讀，也沒有甚麼可玩的，整天都悶在家裏，無所事事。這樣的日子也不知道過了多久，有一天我的小姐姐突然發起高燒，而且燒得很厲害，一直在胡言亂語，說她要去找媽媽，媽媽煮了許多好吃的東西等她去吃。我當時不知好歹，也嚷着要跟着小姐姐去吃媽媽煮的東西，結果給爸爸罵了一頓，才不敢叫嚷，但卻躲在一旁偷偷地委屈地哭了半天。小姐姐發高燒多天之後也悄然辭世。

我記得那是一個悶熱的午後，一個仵工把小姐姐的屍體放在一個簡陋的小棺木裏，綁上一根繩子，然後揹走了。我呆呆地坐在樓梯口目送仵工的身影消失在大門外。從此我再也見不到小姐姐了。

我六歲半那年，日本終於投降了。三年八個月的戰時生活奪走了我家四口人的生命，至今回憶起來，仍不免有悲淒之感。這段童年最早的記憶一直深深地烙印在我的心坎中，在我這一生一世中永遠也忘不了。

【小賞】一場戰爭，先後奪去了作者四位親密的親人。文章沒有浮言贅語，只需一一如實寫來，已令讀者悲憤與共，痛恨和詛咒戰爭。本書寫童年夢魘，當以此篇最刻骨銘心；控訴戰爭罪惡最着力。

我夢想重度童年。

即使能夠，有誰擔保這生命的種子，定會在一片沃土中發芽呢？

——孫觀琳

童年二三事

孫觀琳

在舊居「書馥齋」的壁上，懸掛着一幅字，是香港著名書法家徐淡文先生的墨迹。徐師受我所托，替我將先父的庭訓端楷以誌不忘，這是父親給我留下的珍貴而唯一的紀念。

長子蘭蓀如今住在那裏，每次去他家，我必面對那酸枝木框，框中深藍色的雲錦上托着潔白的宣紙，紙上一字一字，勁秀清晰。我默然肅立，彷彿父親又在對我諄諄訓誨，教我如何面對這紛擾的人世。

我的童年並不快樂。

我是江蘇南京人，一九三九年冬出生在一個沒落的官僚地主家庭。在那風掃落葉的狂飈時代，戰火的硝煙包裹着片刻的歡愉和短暫的快樂，似衝不破的愁雲慘霧。即使童稚的我，又怎能避開它的陰影呢？

母親是日寇大舉侵華，南京大屠殺的目睹者之一，她常常訴說逃難時的悲慘情景。她的誼父慘死在敵人的屠刀之下，臨終用手指沾着自己的鮮血在牆上寫下自己的名字，好讓他的親屬在成堆的屍體中把他尋覓。母親正當花樣的年華，得用鍋煙把自己的面容抹黑；得把滿頭秀髮剪去，東藏西躲，才僥倖逃過敵人的魔掌。

父親童年隨祖父宦遊川楚，因校試多蒙師長獎許，意頗自豪，視社會如無物。及至步入社會，始知世途艱險，謀生不易，乃遵循祖父的庭訓：「以忠厚、勤儉立世，方可化險為夷」。殊不知內戰的烽煙又起，他卻因依戀故土，對新政權抱有幻想，不願南下香江。土地改革時，因家庭成分不好，（那是無以選擇的）而身陷囹圄，鬱鬱而終。

父親只伴我度過童年，生命的樂章便戛然而止。

記憶中的父親，個子高大。夏天一襲白色絲綢大掛；冬日一頂南京「鶴鳴帽莊」定製的灰呢禮帽，令他看來文質彬彬。他對我特別鍾愛，雖慈祥卻不失嚴厲。

那一年暑假過後，我轉到馬道街小學讀三年級，班主任王鼎臣先生是一位很有才華的老師，對教育事業充滿熱忱，口才好，說話時神采奕奕，令人信服。不知為甚麼，在我膽怯地坐在課室裏，面對陌生的環境正感到惶恐不安時，他把大楷本遞到我手中，對着全班學生說：「今天班上來了位新同學，我相信她的字一定寫得很漂亮。」

晚上，在父親的書桌旁，我面對人生的第一次挑戰。今天看來，「讚美令人自重」確有道理。

父親的書房裏，正中牆上掛着一幅中堂，是清朝道光年間黃均畫的一幅山水。（這是留給懋弟的紀念）兩旁的對聯正是：「書到用時方恨少；事非經過不知難。」在我寫來寫去，那歪歪斜斜的字，都不能令自己滿意時，偶然抬頭，只看見那龍飛鳳舞般的「難」字，漸漸變大，壓得我喘不過氣來，令我沮喪極了。我撕去一頁，重新再寫；寫得糟糕，再撕一頁……一頁一頁，都變成廢紙團，散佈在周遭。眼看一本簿子越來越薄，明天怎樣交啊！便寫下：「字到交時方恨差」幾個字，隨手丟在桌上。父親進來了，他信手撿起一看，立即大笑起來：「哈哈，還會吟詩作對哩！」我苦喪着臉，不知所措。父親說：「要字寫好非一朝一夕之功，得苦練啊！」說着，他便攜着我的手，把我領到正順表哥的房中。

我的二姑母辭世後，正順表哥便寄居我家，他因為十二歲了仍然尿牀，令我有些小覷他。父親要我看看他寫的字，果然寫得好。他還把寫了字的紙，反轉來釘成一本再寫，父親要我學他那樣珍惜紙張。

提起正順表哥，有件事至今想來仍覺對不起他。那時候，小孩子可以說沒有甚麼玩具，過年時，便模仿大人，玩牌九，用香煙盒中的小小畫咭（俗稱洋畫）做賭注。有一次，我輸光了，情急之下，便把正順表哥放在櫃子裏的厚厚一疊洋畫全拿來了，孤注一擲，輸個精光，害得他哭了很久。那都是他好不容易收集起來，以此來排遣孤寂的。直到今天，我都不敢涉足賭場，也許這件事給我留下深刻印象，我知道，我的性格是不宜賭博的。

父親的書桌抽屜中有許多扇帚和印章，我常取來把玩，閣樓上也有些線裝書和《紅樓夢》、《三國演義》之類的書籍，少不更事的我曾私自拿了幾冊，到斜對面那家開的小雜貨鋪去換彩色紙，而他們則可獲得更多的紙張來包花生瓜子。那些小紙四四方方，五彩繽紛，而且紙質很好，摺隻小鳥或是小船，可愛極了。我如獲至寶，它令我海闊天空，沉迷在幻想之中。當父親追問這些小紙的來歷時，真相終於大白，他氣呼呼地把我狠狠地訓了一頓。年紀稍長時，我常替邵媽媽寫家書，寄到上海她的胞弟那兒，她口述我照寫，有些成人的事，我並不明所以，也許是老聽大人閒話家常，我比一般孩子看來似乎成熟穩重。

現在我早已不是孩子，但我日日生活在孩子中間，我是一個園丁，為社會培育下一代。這也是父親希望我做的事，他認為教書是女孩子理想的職業。也曾從獄中寄來家書，要我報考師範，那時候我不以為然，夢想做一個作家。考大學時，我把師範填在最後一個志願，恰恰選中。不少同學而今都著書立說，成為專家，我只是在小學的校園裏送走了三十個春秋；迎來了無數寒暑。我的兩鬢已經飄霜，青春早已不在，也失去了在夏夜遙望星空，插上幻想翅膀的金色童年。

我的次子藺葦常抱怨他的童年也不快樂，這是因為我忙於教別人的孩子而忽略了他。錦衣美食和新穎的玩具代替不了母親細緻親切的關愛。這石屎森林中的一面面圍牆，隔絕了外面廣闊的天地；禁錮着無數弱小的心靈，而繁重的功課又向他們施加壓力。我們曾追求過的一切，以及這尺土之內的寧靜與和平，遠不能滿足今天孩子們的需求了。

當我明白應該怎樣做的時候，真後悔莫及。

人們常說：「少壯不努力，老大徒悲傷。」而我，又何止悲傷！

所以，我真想再活一次，且讓我認認真真好好地再活一次。

我夢想重度童年。

即使能夠，有誰擔保這生命的種子，定會在一片沃土中發芽呢？

【小賞】戰亂、讀書、家庭、品性、祖輩、下輩，昨日、今天……作者融為一爐來寫且有條不紊，寄寓許多的人生思考。文字清雅可喜。

母親談起我幼時的事，經常提到的是我的理髮，說我理髮時非常乖，甚而對理髮還有一種偏愛，見到理髮店便要進去。

——孫觀懋

「日本人」老王

孫觀懋

孫觀懋

母親談起我幼時的事，經常提到的是我的理髮，説我理髮時非常乖，甚而對理髮還有一種偏愛，見到理髮店便要進去。這近乎反常，絕大多數的孩子是極不樂意理髮的，有的還要大哭大鬧一番，如遇理髮師手重、刀鈍，那哭鬧之厲害，無異於殺豬。我當時偏愛理髮，不知出於甚麼心理，母親也未加分析。

到了我記事的，倒確實喜歡理髮，那是因為理髮師的關係。那位理髮師姓王，我們都叫他日本人，他會説一口流利的日本話。那時，他大約已有六十多歲，瘦高個子，光頭，穿一身很合體的破舊的西裝，裏面白襯衣的衣領，如他的揩刀布。腳上是一雙佈滿裂紋的舊皮鞋，手上拎一隻小皮箱，裝着他的理髮工具。我們那條街上的小男孩的髮型均出自他的手，其特點是層次分明。如果我在學校中看到住在另一條街上的同學，也是層次分明的髮型，我會毫不猶豫的判斷出：「你的頭是日本人剃的吧？」他先驚異，而後不得不認可。對老王剃的頭實在不敢恭維，但孩子們都喜歡他，頭髮長長了就等着他，他不來不剃。

老王之所以深受孩子們喜愛，是由於他在小孩子面前不擺大人架子、大人說他沒大沒小。大人們會嘲弄小孩子的尿牀，而老王會向尿牀的孩子擠擠眼睛：「沒甚麼了不起，我十二歲還尿牀呢，跟你媽說：誰叫你晚上讓我喝稀飯。」老王還有一個絕招，會講日本話，不是甚麼「八格牙魯」、「密西密西」之類，是正兒八經的日本話，可惜現在一句也記不起了。對於小孩，他另有辦法，理髮時，從衣袋裏摸出一顆糖果，放在小孩嘴裏，那小孩即使想哭也哭不出來。

我只有一次見老王生氣，那是在我問他究竟是不是日本人的時候，他兩眼一瞪，火爆爆地衝了我一句：「你才是日本人！」

聽大人說，老王去過日本，在日本也是理髮，回國後不久，日本發動侵華戰爭、南京淪陷，不久，汪精衛的維新政府在南京成立，他因為會說日本話，被人介紹當了翻譯，攢了一點錢。抗戰勝利後，開了一爿五洋店，娶了一個年輕漂亮的太太。四九年以後，關了一年，又復以理髮為業。

大人說，老王有個女兒很漂亮，你小子對他好一些，讓他收你做女婿。後來見到老王的女兒，果然名不虛傳，不過，那時她已有了丈夫。

再大一點後得知，老王有「帽子」※。

進了高中以後，學校裏有間理髮室，學生半價，理一次髮只要五分錢，且手藝好，理好後看不出層次。

以後，有好長時間沒見到老王。一九六六年夏天，老王自殺了用剃刀切斷腕動脈死的。

※「帽子」：被管制的人，分五類：地主、富農、現行（歷史）反革命、壞分子、右派分子。

【小賞】

以理髮一事寫一個小人物的平凡又不平凡的際遇，令人唏嘘不已。人物命運的悲喜劇當然和時代有關，值得注意的是謀生和謀死的工具竟都是同一物！寫童年，本文也提供了一種角度，一種手法。

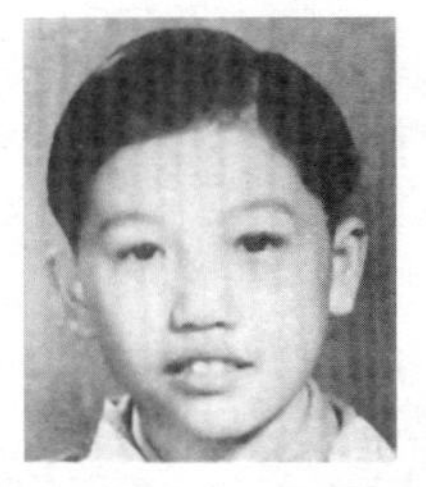

二年級的半年裏，我念熟了半部論語、整部孝經，當初不求甚解，活剝生吞。想不到人的學習也有着牛的反芻作用私塾裏背過的東西，竟在中學和大專大派用場。

——周　遊

念私塾的日子

周　遊

活到五十來歲，童年當然是很遙遠的事，但在歲月的流逝中，不斷回憶追懷，像一部經典的電影，一次又一次的重演，印象卻異常深刻。我的童年，要算念私塾那段日子最難忘，也較為特別。

這個年代，知道私塾情形的人不會很多，曾經受過私塾教育的人就更少了。這種被稱為「卜卜齋」的學校，我雖然只讀了半年，但它給我的影響極大。

那時我從鄉間來港，剛念完小學二年級。由於鄉間的學校是春季始業（過了農曆新年就升一級），我不能馬上升上三年級，於是有人介紹我到附近的「梁少東學塾」去念書。

我讀的還是小學二年級。那時，一年級至五年級共有十二、三人，除了算術由梁少東老師的女兒教授之外，其他科目，都是由梁老師負責（當然沒有英語科了）。當教到那一級，其他各級就習字、抄書、自修。我們二年級有五個人，是最多人的一級。大家可能以為這種「五式」教學，一定很亂、很吵。錯了！我們都很安靜，誰也不敢作亂，為的是怕責罰。

當我們一級要學習的時候，老師會把我們叫到教桌旁，然後把課文一句句的讀，我們就一句句的跟着唸，每次教十來句，然後用紅朱筆一鈎，上面押上日期（當然是農曆），再讀幾次，我們便自己誦讀，第二天就得背誦了。已記不清老師有沒有講解，即使有，也不過是約略說說而已。

「卜卜齋」的由來，大概是沿於古代所謂「攴（讀撲）作教刑」。攴，就是「小擊」的意思。「卜卜齋」，就是常聽到「卜卜有聲（肯定不是「小擊」），打人的書齋。所以，平日給老師用「戒方」——一把厚而闊的尺打手心，是輕鬆平常的事：背不來書要打，認不得字要打，不會計數要打，不守秩序要打……除了一兩個女同學較少被打之外，同學每天總會打五、七板。我有時只被老師打兩板，就快樂得向家長誇耀，向鄰里宣揚了。

除了打，還會罰跪。跪在聖人（孔子像）面前，有時還要雙手舉着幾本書，時間久了，是挺難受的。

因為怕被罰，所以同學們都規行矩步，甚至請准去洗手間，也要鞠躬而退，如廁完畢，還要向老師鞠躬，才回到座位。

午飯後回校，正是老師午睡時間，同學們在與老師臥室一板之隔的教室裏玩打功夫、談話、追逐，也像默片一般，不敢發聲，有時忘了形，只要老師一聲輕輕的咳嗽，就嚇得魂不附體。

記得我們二年級的科目，有孝經、論語、歷史、地理、算術……其中最感困難的自然是算術，因為學的是三位數的乘除法。其次是論語、孝經等科，因為全部都要背誦，實在非常吃力。每個晚上，都要讀個不休。許多次含淚請求母親：「明天可不可以不上學？」答案一定是：「不！」想起那又厚又重、打得手心紅腫刺痛的「戒方」，眼淚就來了。

不過，私塾也有溫情的一面，每逢過節，老師會請大家吃粽子、月餅，有時也有番薯糖水紅豆沙之類。一到考試放榜，同學們都可以得到些日用品作獎勵，甚至榜末的一個，也有一雙筷子。

二年級的半年裏，我唸熟了半部論語、整部孝經，當初不求甚解，活剝生吞。想不到人的學習也有着牛的反芻作用：私塾裏背過的東西，竟在中學和大專大派用場。當我再將文字細細咀嚼，馬上瞭然於心，這不是「反芻」嗎？如果說我念中國文學還有點成績，念私塾的日子，影響真不少哩！

還有好笑的，就是私塾訓練我作文用文言，所以當我讀小學三年級時，作文竟又用上，博得老師「古雅」二字好評。而出入課室都必恭必敬的鞠躬，也成為同學的笑柄。

【小賞】

不要以為舊事物都是一無是處，一無可取。試讀本文，處處見出作者能夠客觀地一分為二。作者提供了這樣一個寶貴經驗：童年雖一去不復返，但經歲月淘洗、走了很多路後，再回頭去尋覓，便會發現許多晶瑩的珠寶。

當時小小年紀的我，雖是體會到一種開口借貸顏面掃地的痛苦與屈辱，但能為家庭籌措到一些買菜的錢，解決燃眉之急，見到父親鬆一口氣的神情與弟妹的笑顏，我也就默默忍在心頭。

——宋詒瑞

心酸的一頁

宋詒瑞

在童年，我是嘗過貧窮的滋味的。

記得那是在我上小學六年級的時候，父親因政權的變遷而失業了，一時找不到工作，全家就失去了經濟收入，原本小康的生活頓時下跌到僅能靠變賣東西維持生計的地步。父親時常在房內焦躁地踱來踱去，猶如斗室中的困獸。

最困難的時候，家中實在是沒有買菜的錢了。記得有一次午飯時，桌上僅擺出了一人一碗白飯，沒有任何下飯的菜，母親拿出了一瓶醬油，準備給大家澆在飯上吃。我們弟妹三個黯然低頭吃飯，不懂事的四弟嘟囔了：「怎麼沒有菜呀？我不吃！」父親只得掏出一角錢，囑大妹到樓下炒貨店去買回來一包油氽黃豆，每人分得幾顆下了飯。

就在那天下午，父親眼看日子實在捱不下去了，便開口對我說，要我到我的一個有錢的同學家去，向她父親借一百元用。

我與那同學並不特別要好，只是應邀到她那花園洋房的居處去玩過兩次，回家向父母說起過她家的富有。我也從來沒向人開口借過錢，父親所交付的這差事頗使我感到為難。但我是家中長女，理應幫父母渡過難關，所以我就硬着頭皮上路了。

為了節省五分錢的公共汽車費，我是走路去的，另方面也為的是好好想想該如何開口說。記得我那同學聽完我的敘述後上樓去告訴她父母，我懷着忐忑不安的心情等待着，像是在等待一次命運的判決。後來她下來了，說是父母手頭沒多餘的錢，一百元湊不到，只有這三十元算是送給我家的，不必還了；她還多給了我五角錢，說是她哥哥聽後很同情，給我這車費叫我坐三輪車回家。

借不到父親所希望的一百元，當然是有些失望；但好在還不至於空手而歸，我就說了些感謝的話，珍而重之地揣了這三十元五角回家。坐三輪車在當時是好比現時坐出租汽車那樣奢侈的事，我當然捨不得坐，仍是步行回的家。當晚，飯桌上就有了一盤熱氣騰騰的炒白菜，我吃來覺得比任何時候都香。

當時小小年紀的我，能為家庭籌措到一些買菜的錢，解決燃眉之急，雖是體會到一種開口借貸顏面掃地的痛苦與屈辱，但見到父親鬆一口氣的神情與弟妹的笑顏，我也就默默忍在了心頭。

後來母親也外出工作，父親經人介紹找到了一份教職，家裏的生活才算安定了下來。

這一段困難的日子和這一次借錢的事在我童年的回憶中是頗為心酸的一頁，這段難忘的經歷對我來說卻是彌足珍貴的。我懂得了金錢之重要、賺錢之不易，我懂得了向人開口借錢之不易、靠自己之重要，我懂得了應如何努力去幫助父母分擔家庭的憂患。初中畢業後為了減輕家裏的負擔我入讀了免費的專業高中，十七歲那年踏入社會工作後，把第一次領到的工資悉數寄給了家裏，爸爸來信說，母親收到錢的那天夜裏哭了。

這幾十年來，我一直勤奮工作，為了自己對社會的責任感，也為了賺錢。我始終省吃儉用，不願無謂地浪費金錢，即使是在目前月收入已令很多人羨慕的情況下。只要有步行的時間和氣力，我就不會坐車；若非絕對必要，我不願撇下家人花上幾百元在外吃頓晚飯。但我不是個禁欲主義者，每年兩次我捨得全家出國旅遊，每週必有一次全家外出就餐調劑生活；我也不是個吝嗇鬼，我樂意向各慈善機構捐款贊助，也曾向一位即將被迫退學的大專生捐助了他全學期的學費，也會出資幫助一些年青人獲得發展的機會。因為我曾經困難過，懂得在困難中得到援手之可貴。

我辛勤地工作，用自己雙手創造財富。用這財富使自己和家人生活快樂，並幫助別人獲得快樂——這一切，使我是何等快樂！

【小賞】

今日在蜜糖水中成長的一些青少年，對艱難生活沒有切身體會，不懂錢來之不易，只會向父母伸手，不知讀了本文作何感想？作者將童年最尷尬為難的借錢一事披露，用心良苦，用意很深。末尾能將擅用金錢的道理闡釋明白，功莫大焉。

無數記憶中，最難忘還是那樹海蟬濤。……披一身蟬聲。走出森林，走入了童年，卻走不出那段歲月。

——古　劍

蟬聲歲月

古劍

古劍

讀到劉曉梅的《斷句》：「童年午後——風在屋角瞌睡，蟬聲煮沸一座山。」禁不住叫好。叫好之餘，蟬聲也猛然間，在腦海中沸沸揚揚起來。

我想，劉曉梅的蟬聲與我不同。她那座蟬聲煮沸的山，該是小山，樹也是矮樹，且疏疏落落，無精打采。她聽那片蟬聲，我想應是在山下，不是山中。而我那至今不滅的蟬聲，卻是在無邊無際的熱帶森林裏聽的。

童年，逃避日寇，曾躲進大森林裏。白天，伴隨我的是蟬聲，夜半夢回，使我膽怯的是蟲鳴。聽過野狗（大人這麼說）嗚嗚的長嚎，沒見過大象，卻見過大象如籮筐大的堆堆糞便，年節將過，還吃過獵回來的大象肉。無數記憶中，最難忘還是那樹海蟬濤。熱帶森林，樹大葉茂。層疊交錯的樹葉，密得像無縫的大屋頂，不見一絲天色，滿眼是又厚又重的暗綠。

陽光只是針般大的口線，穿過如毡的葉層，釘在地上。假若突然來了場小雨，站在大樹下，衣服也不會沾濕。森林裏的白天，特別靜寂。唯有午後，森林的每一縫隙，幾乎都灌滿了蟬聲，好像衣服也披上了蟬的音韻。

起初，也不知道哪裏的一隻蟬，「知」地一聲高叫，隨即一角的蟬羣便助陣幫腔，接着，四面八方的蟬齊鳴，一時間，蟬聲鋪天蓋地而來，罩住整個空間，森林好像給鎮住了，也靜止了。此時，有聲似無聲。漸漸，聲如退潮，低下去；猛然間又如狂風中的波濤，滾的過來。滾過來，退回去，忽而高忽而低，頃刻間人似在浪中漂浮，時而被蟬聲浮起，時而被蟬聲淹沒。……

披一身蟬聲。走出森林，走入了童年，卻走不出那段歲月。

【小賞】

文章雖短，但已把聽蟬的意境、情趣淋漓盡致描寫出來。甚麼是文藝味道？本文是個很好的樣板。所謂山不在高，有仙則名；水不在深，有龍則靈。文章自然也不在長，文采十足就很好讀。不少字眼用得甚妙甚好，可圈可點。

光陰荏苒，離開巫勞已四十多年了，但我還惦記着它。巫勞人純樸的情意，畫一般的山容水貌，還有我家後面的兩棵椰子樹，至今仍清晰地留在我心扉。

——琅　璧

琅璧

巫勞河畔

琅璧

每次翻閱女作家蕭紅的《呼蘭河傳》，都會使我不期然地想及小時候的居留地巫勞埠（BERAU）。

讀過《呼蘭河傳》的人不少，知悉呼蘭河在何處的倒不多。巫勞埠小得沒有名氣，在地圖上也難得找到那一個「點」。它是印尼東加里曼丹內陸的一個小縣城，只靠一條巫勞河與外界交往，平均十來天才有一艘汽輪進出，所以它是屬於「世界不認識它，它也不認識世界」的閉塞之地。

巫勞河由內陸蜿蜒迂迴入大海，河的兩岸是一片廣袤無垠、枝繁葉茂、墨綠得發沉的大森林，裏面是飛禽猛獸的樂園，也聚居一些至今仍保持原始生活的「達越族」。巫勞埠就座落在河的中間地段。每到傍晚，在殘陽的餘暉下，煙霧昏濛的河面上時不時有尼斯水怪般的龐然大物忽現忽隱，那是鱷魚或鯊魚在水面上浮沉。夜幕低垂，由於沒有電燈，整個縣城都沉睡在烏燈黑火的氛圍中，女人們在屋裏傍着微弱的油燈在做針線，外邊是幾隻流浪的野狗在街頭巷尾遊蕩。夜半夢迴，聽「狗見鬼」般淒涼而曳長的吠叫聲，週身毛管也會起疙瘩。

大概是由於生活過於淡泊與單調，人們都希望有意外或新鮮的新聞可以刺激他們的神經。所以他們都有一種追奇逐異的心理，只要那裏有風吹草動，人們都會潮水似地湧向那裏湊熱鬧，很多時，局外人對他們的作為大惑不解，為甚麼「不關己」的事也有閒情逸致去專心以赴，唯一可以解釋的大概不這樣生活就變得乏味與空虛。但小地方的人也有其固有的美德，生活淳樸無華，人與人之間的交誼情真意切，在日常交誼中又可以同聲相應、同氣相求，這對生活在大都市的人來說，是可遇而不可求。

偶爾可以見到河的遠端在晴空朗日下出現一艘小輪，人們也因此活躍起來，三三兩兩地往碼頭跑去，是趕去親睹大明星的丰采？是去迎接久別的親人？不，甚麼都不是，他們只是莫名其妙地湊熱鬧而已。但個別希望了解世界大事者卻負有「使命」：等候郵差派報紙。一旦報紙到手，幾十個人頭圍攏在一起聚精會神地看，嘩！牽動人心的頭條新聞：「英首相下令轟炸蘇彝士運河，埃總統號召人民抵抗到底……」有人伸張正義，罵道：「媽的，帝國主義……」如果你有興趣瞥一眼報頭上的日期，你會驚奇地發現這已是半個月前的報紙了。所謂「新聞」，道是「舊聞」可能更貼切。人羣中陡地有人大喊一聲：「停戰了，早停戰了……」人們不約而同地向他望去，原來是大胖子麻臉阿旦，乃本地唯一有收音機的殷實人家，在「蜀中無大將」的情況下，其言論想當然是最權威的了。於是人們才意識到這份報紙原來是「隔夜冷飯」，沒興趣再看下去，悻悻然地走了。

因為不甘於生活的枯燥乏味，人們就想方設法「搵戲來做」，其中鬥雞乃最大的娛情悦目的精神享受，雙方勢力相當，鬥雞伊始，兩派觀眾相互起哄、助威、叫罵、熱鬧異常，但都不傷脾胃，彼此都知道「玩玩而已」。

在大都市，人家結婚，「干卿底事！」巫勞則不然，它是全區人的大喜事，新郎新娘要徒步沿着唯一的大馬路招搖過市，喇叭手在前引路，人們都放下手上的活兒，湧向馬路兩旁爭看新人雍容華貴的丰采。

我母親是聰明過人的家庭主婦，為孩子們的前途着想，她極力主張要走出這窮鄉僻壤，所以在我十二歲那年就全家遷往S市。

光陰荏苒，離開巫勞已四十多年了，但我還惦記着它。巫勞人純樸的情意，畫一般的山容水貌，還有我家後面的兩棵椰子樹，至今仍清晰地留在我心扉。有時親友們也建議我去巫勞走一趟，他們的話扣開了我尋覓舊夢的夙願。世態多變，滄桑人事，有機會看一看四十多年來在煎熬的生活中走過來的故人，看一看曾經留有我們童年足跡的雞鳴狗吠之鄉，應該是十分有趣的事兒。

【小賞】

描寫巫勞夜晚一段文字，精煉優美，文學味濃郁，堪稱筆力十足。作者擅於將記憶王國中印象最深的部分重現出來，營造出一種令人悠然神往的氛圍。寫童年，常離不開河，看來源自人與河那種類似母子的情意結。人要在有水的土地方能生存。

這種店員加苦力的生涯的開始，正式宣告了我已向幸福童年和學生時代告別。這是苦還是樂，逐漸在我幼小心靈的天秤上有了分曉。

——文　翎

從學生到店員

文翎

童年的我，是一個十分貪玩、不愛讀書的孩子。到了年逾知命的今天，當我同老哥哥、老姐姐們聚首時，他們憶述我年滿七歲入學時因為怕讀書而要由他們合力把我抬進學校大門的情景，令我感到尷尬不已。

雖然我不喜歡讀書，上課時也不留心老師講課，人坐在課堂，心卻在球場。但在初小階段，我靠點小聰明，功課還能應付過去。進入了高小階段，功課漸深，我開始吃不消了，期終考試終於名列倒數十名之內。

在各門功課中，我最害怕的是數學四則題，常常為了完成一道四則題而把頭皮抓破仍不得要領，姐姐為了幫助我趕上功課，利用晚上的休息時間給我進行輔導。

一個晚上，天氣悶熱，又遇上停電。姐姐點燃了蠟燭，坐在我旁邊，看看我演算題目，每當我遇到難解的數題，她就耐心給我解釋。為了讓我更容易地理解，她經常手拿起玻璃杯或紙盒之類的實物比劃看，以啟發我的形象思維。可是我因為白天玩得太累，對數學又沒有興趣，因此對她的講解總是聽不進去，而且頻頻打瞌睡，後來索性「呼呼」地睡着了。但當一覺醒來，我仍然看見姐姐枯坐在我旁邊，她並沒有責備我，反而繼續耐心為我講解。這時，我聽到她的聲音有點哽咽，還瞥見她的眼角閃爍着淚光。可惜的是當時的我還不懂得自省，並未因此而發奮用功讀書，以致今天想起來仍覺得對不起愛我的好姐姐。

在我十一歲那一年，父親在生意上遭受挫折，憂鬱成疾而去世，家庭的經濟漸走下坡；次年，母親也因過度傷心而病重臥牀，可是我仍然在每天放學後便泡在球場上。

一天，我正同一羣小伙伴在球場上進行一場足球賽，當球賽進入高潮時，家裏突然有人來喚我回去。我正要埋怨家人為何在這時來找我，叫人掃興！但家人板着面孔對我說：「你趕快回去，你媽快不行了！」

當我跑回到家裏，看見哥哥姐姐們圍着媽睡的牀啼哭，我知道事情非同小可，趕快奔到媽的牀邊，看見媽安詳地躺着。我狂叫：「媽、媽，你醒啊！」但媽叫不醒了，她慢慢咽了氣。

父母雙亡以後，家裏的經濟逐漸陷入困境，同時也促成了我不想讀書的願望的實現。大哥為了養活他自己一家大小，也不可能繼續供我上學了。因此初中一的下學期，我輟學了。

十三歲的孩子，不讀書能做甚麼呢？大哥問我有甚麼想法？我想了一下說：想去學駕駛汽車當司機。大哥說不成，年紀太小，還是進雜貨店學做生意吧。

於是，我開始走上社會，走進一家雜貨店當學徒。每天大清早，我同幾個大伙計一起忙着開舖，把一扇扇的門板從舖頭扛到舖尾，把一包包的各類乾貨搬到舖前打開，然後堆起笑容接待一個個走進店內光顧的客人。有時，還要踏着三輪車，把顧客訂購的貨物按址送去。這種店員加苦力的生涯的開始，正式宣告了我已向幸福童年和學生時代告別。這是苦還是樂，逐漸在我幼小心靈的天秤上有了分曉。特別是每過完了刻板的一天，在完成了關舖的所有工作，疲累的身軀躺在牀上，聽着掌櫃先生哪「的的得得」的算盤珠子的碰撞聲時，我的思潮起伏，懷念起過往的童年生活和求學時代。

每天，我看見與自己年紀相若的孩子，背着書包歡天喜地去上學，我便倍感羨慕；而當我路過學校，更是流連不捨離去，對自己過往沒有很好地珍惜求學機會而深感懊悔。我暗下決心：一定要重新踏進學校的大門。

皇天不負有心人。我終於再次踏入學校的課堂，時年已十七歲。此是後話。

一九九四年四月十五日

【小賞】

只有親歷過苦難，才知甚麼是幸福；只有親嘗過失學的滋味，才能珍惜讀書的機會。深刻的經驗來自平凡的生活，此言得之。

姐姐助「我」溫課一段，寫來真摯自然；姐弟情深，牽動人心。

我至今對家裏及父母親都沒有絲毫埋怨，相反地，卻因了童年患病使母親寢食不安。每每憶起便自然地使我感到內疚，有時真像沉重的夜霧一樣壓在我身上……

——天　涯

天涯

病中紀事

天涯

隨着歲月的消逝，許多記憶像那遠處的青山，漸漸地沉入了茫茫暮靄。同樣，我對童年的記憶也是淡薄的，宛如晨霧中的田野一片迷茫。但是，近日也不知是哪一根纖細神經的稍稍牽動，那已經深深被掩埋着幾十年的童年往事又常常像一股涓涓細流，追蹤着我兒時的腳步，從我的腦海潺潺流出……

童年的我，瘦筋巴骨的，白臉㿜㿜，但兩隻大眼卻骨碌骨碌，很是精靈。大概十一歲光景，不知怎地，一天清早醒來，突覺全身發癢，四肢及身上出現大小不一的皮疹，小如芝麻，大似豆瓣，多則成片，形態各異，我實在忍不住用手猛抓。但是越抓那皮疹越增大增多。

母親見了，忙安慰我：「冷膜，這是冷膜，不要緊的。」（客家人俗稱「蕁麻疹」為「冷膜」）她匆匆取來米酒，替我塗擦那高出皮面環狀的、地圖狀的部分，我頓覺全身涼叟叟地，也不太癢了。約莫兩個小時後，患處皮疹竟消退了。

自此，每隔三五天，上述症狀又復發，此病折磨得我好不難受，讀書退了步，自身更消瘦了，母親一點辦法都沒有，她愈來愈焦急了。後來請了一位中醫治療，配了些廉價的怯風清熱的草藥煎服，但服食之後依然無效。

拖了半年，皮疹仍然反覆發生，轉為慢性病了。信仰佛教的外婆為此幾乎每週兩次攜我到廟裏上香拜佛，祈求保祐，常取回香灰混着溫水塗在患處，也絲毫沒有效果。

一年過去了，此病時發時癒，急煞了母親。一日，她不得已領我到一位巫婆家裏求治，那巫婆是印尼土著，年近六十，腦後挽一個蟠桃式的髮髻，記得我當時稱呼她叫「髮髻婆婆」。只見那巫婆端出一盆清水，並用一塊黑巾蓋在盆上，緊閉雙眼，口中唸唸有詞，約莫五分鐘左右，她搖晃着腦袋，忽地「啊啊」兩聲，雙眼睜開，緊鎖着眉，用中指指我，煞有介事地對母親說：「撞邪呀，是鬼的口液吐在這孩子頭上了……」。

母親懇求巫婆為我除邪解惡，她便將盆裏的水盛入兩個玻璃瓶中交給母親，並再三吩咐：「每日一杯，百病皆除，平安大吉！」

哪曉得隔不了多久，我的病情更趨嚴重，幾乎日日發疹，害得我對自己學習前途感到一種淡淡的迷惘；一種空曠迷離的感覺，像網一樣罩在我心頭，一年多來我想掙扎也不能解脫。

母親更發愁了，她的臉苦皺得像核桃殼。有甚麼辦法呢，她已經用盡了所有力所能及的法子了，如今依然手足無措。

大概病了整整兩年吧，一天上午，母親突然對我說，今日決定到醫院看西醫。醫院主治醫生是意大利籍，收費頗為昂貴，但有些名氣，我只看一次，配服幾顆淺紫色藥丸，五日食完，竟痊癒了。母親終於安心地笑了。她隨後對我說：「你知道嗎，看醫生花了差不多十天的家用呢！」

幾十年過去了，童年因為家境清貧，無法及時請西醫治療這普通的蕁麻疹，長達兩年之久的折磨令我至今仍然無法徹底將其根治。然則，我至今對家裏及父母親都沒有絲毫埋怨，相反地，卻因為童年患病使母親寢食不安。每每憶起便自然地使我感到內疚，有時真像沉重的夜霧一樣壓在我身上，並且慢慢浸透我的皮膚，我的血液和我的每一條神經……

【小賞】

本文塑造了一位愛子心切，不辭勞苦想千方百計醫好兒子的病的母親的感人形象。圍繞一個中心來寫，寫得具體，寫得富有感情，充滿對母親的感激之情。

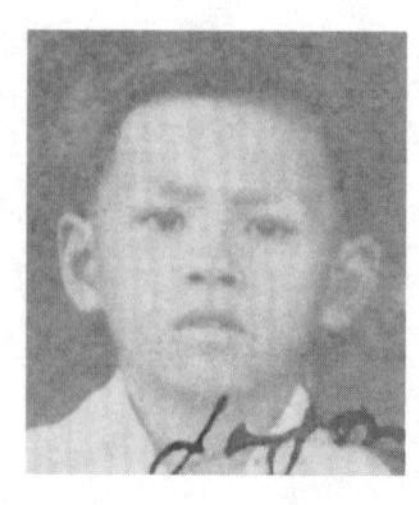

童年的一頂帽子，我領略到了父母親對我的關懷和慈愛，由於父母親深深的愛，鼓勵了我努力求上進……鼓舞我，攀越一座又一座高山……。

——張漢基

一頂帽子

張漢基

童年像一首詩，讓你回味無窮。人生的長河，跨千山涉萬水，許多事物都在記憶的寶庫裏，稀釋了，朦朧了，直至淡忘，但童年的往事，卻永存於腦際。

現在，我述說童年一件溫馨的故事。

我出生在蕉風椰雨的馬來西亞一個小鎮。七歲那年，我上學念書。每天清晨，我背着書包，在母親期待殷殷地送出門口之後，就隨同一班小朋友，歡蹦活跳地跑進學堂，跟老師唸：「人之初……」

一天，我正要出門。媽媽拿了一頂新帽子給我端端正正地戴上，笑着說：「這是爸爸買給你的。太陽猛，怕你曬壞了腦子，念書不靈。」我就看大廳裏的鏡子，照了照，覺得沒有甚麼不好，向母親笑了笑，奔出門去了。

原來這是一頂用粗麻布做的帽子，對比別人戴的用絨布做的帽子來，就顯得土氣了。

放學回到家裏，我把帽子往地下一丟，說「我不戴。」

「為甚麼？」

「人家戴的都是用絨布做的帽子，又光鮮又好看。我這是用粗麻布做的，土氣。」

母親拾起地上的帽子，揮了揮帽沿上的塵土，臉上呈現出痛苦的表情。

晚上，爸爸放工回來。媽媽悄悄地拉他進了房間，我好奇，便挨着門邊偷聽。

「基仔不肯戴這頂帽子。說是用粗麻布做的，別人戴的都是用絨布做的。」

「去那裏找錢買絨布帽子。這頂帽子還是我一星期沒上茶樓飲茶，節省下來的錢買的。」

「我們怎能讓基仔失望？」

「辦法只有一個。就是拿那條新車呔去賣，換了錢，再給他買頂絨布帽子回來。這樣我就不能騎單車返工了，只好走路，因為舊車呔已經潰爛不能再補了。」

聽到這裏，我腦子裏像騰雲駕霧般的翻滾着。

在過去的一個星期裏，我看見母親早早的起來煮粥給父親吃。當時我心裏就納悶，為甚麼父親不去喝茶，要在家裏吃粥。現在我才明白，原來父親是省下飲茶錢來給我買帽子。可我不理解父親的苦衷，不領他的情。這不是忘恩負義嗎？父親為了不拂逆我的心意，準備拿車呔去換錢來買帽子給我。他寧可不騎單車而跑路上班。須知父親返工的路是很長很長的，他要跑多久才能到達呀。父親為了養活這頭家，已經早出晚歸，節衣縮食，夠勞累了。我怎好再去加重他的負擔呢！這不是使他很痛苦嗎？

我已上學念書了，我要做個懂事的孩子。不能為了好看一點，而使父母親難過。我要向父母親表白，我願意戴這頂帽子，因為體現了父母親對我的愛。

我闖進房子裏，撲到父親的懷裏，激動地說：「不要再買了。我就戴這頂粗麻布帽子。」

爸爸眼裏含着淚花說：「好孩子，爸爸努力攢錢，以後一定給你買一頂漂漂亮亮的帽子。」

帽子是沒有買，因為不久，我就回國念書了。隨着年齡的增長，我就更深刻地體會到父母親對子女的愛心。童年的一頂帽子，我領略到了父母親對我的關懷和慈愛，由於父母親深深的愛，鼓勵了我努力求上進，儘管我遠離父母，孤身在內地求學，雖然遭遇過不少困難與挫折，在這當兒我會想到父母親對我的期望，由此鞭策我、鼓舞我，攀越一座又一座高山，終於完成了小學、中學到大學的學業。

【小賞】

買一頂帽子於今來說，只需花一點錢就不難辦到；可是在五十年代，對於像作者這樣的家庭，卻不容易做到。它牽涉到一家人的生活、父親的收入和支出。難得的是「我」從小就能夠自省，一切問題也就迎刃而解。

自幼即愛隨父母喝早茶，至今竟成積習，每朝幾乎無「普洱」不歡。坦白說，我大半個學業，正是依靠在茶樓「溫習」而完成的。

——羈　魂

茶樓以外（二題）

羈　魂

茶樓以外

自幼即愛隨父母喝早茶，至今竟成積習，每朝幾乎無「普洱」不歡。坦白說，我大半個學業，正是依靠在茶樓「溫習」而完成的。那時候，一家人蝸居長沙灣道一爿中藥店的閣樓，搗藥聲、算盤聲、咳嗽呼喝聲，加上收音機（還幸未有電視機）聲，此起彼落，隱約可聞；而高不過六呎，方圓不過百呎的空間，固無廳房之分，就連一張屬於自己的小書桌也沒有（後來才僥倖買進一個小書櫥放書）。要溫習，不是「隨遇而安」的東坐西臥，便是「輒起繞室以旋」的流遊。箇中滋味，蝕骨難忘。

不知怎的，一次偶然的機會，也不記得是跟隨父親抑是母親，總之是與他（或她）和一些親友到附近茶樓喝夜茶。晚上的茶市較淡。坐在近街一面大窗下的卡位內，陣陣清風拂來對戶點點的霓虹，俯望下面喧擾紛雜的北河街，一種莫名的興奮驀地泛起——那是熱鬧中一片無比的寧謐啊！何況，面半桌玻璃、據半邊卡座，斟酌一壺濃冽的普洱，興到時吃它一碟蛋球、蛋散，或是翻蒸的燒賣、蝦餃，所費不過一元數角，卻可真真正正擁有屬於自己的好一段「時」、「空」，對慣於流遊坐臥的我，不啻是一個值得欣喜的發現——自後，一有興致，便溜到茶樓讀其「夜」書。嗜茶如命的母親，也樂得做箇「順水人情」。可不是嗎？橫豎自己愛「嘆夜茶」，兒子既找到「安身立命」之所，正好伴讀伴讀一番呢！就這樣，我的會考、預科，以及學位試的溫習，泰半在茶樓完成，甚至寫詩為文的興趣，亦在那兒發軔——多年前那首「沏」詩，正為紀念這一段「茶樓因緣」而寫成的。

可惜，近年來，這類舊式的茶樓已差不多拆卸盡了。新的所謂「酒家」，既沒有明朗通爽的向街大窗，更沒有供人挺腰伸腿的大卡座，反而多了鮮紅得刺眼的厚地毯，金黃得眩目的假裝飾，「熱鬧」不錯還是有的，味兒卻始終差了一大截；何況，晚上已沒有寧淡的茶市呢！

沙圈以外

「食」固然熱鬧，就是「住」也熱鬧得可以。

幼居長沙灣道，當年已很寬闊的馬路，中央還有一大片寬約八呎的「沙圈」（沙地）。小孩子們不分晝夜的總愛擠在那兒「彈波子」、「打荷蘭」、「拍公仔紙」；兩旁時疏時密的車輛呼呼而過，着實刺激。每當夏夜，更有不少坊眾端椅攜扇前來乘涼，老的懷舊、壯的聊天、幼的嬉玩；熱鬧之外，還帶有一種溫情、一份和洽。可惜，如今「沙圈」變了冷硬而密窄窄的鐵欄，原來乘涼的人，也只能在巨閘重門緊鎖的屋子內，向街「非法」地鑿築一座鐵籠，以偷取多一分的空氣、多一寸的空間吧！

不過，深水埗的熱鬧，始終比不上旺角。結婚那年，適逢舊居拆卸，舉家遷至這「很旺很旺的一角」，生活一下子竟變得更熱鬧、更喧擾——可不是嗎？小小三百多呎實用面積的樓房，住上六個成人（後來更添了兩名女嬰），擠逼之情，大可想見；不過，比起百呎不到的舊居，可取之處仍有不少，尤其那片較高的樓頂，以及那真正屬於自己的房間。這一切一切，對我來說，已是很大很大的滿足了。

【小賞】

將香港大街小巷常見的「茶樓」與「讀書」合起來寫，實屬罕見，令人信服，也窺見了社會變遷之一斑。另一則寫居住環境的變化，也透露出一種淡淡的滄桑感，以及淡淡的懷舊情味。

老婆婆已走到我身邊，慈愛地摸摸我的額頭，又從那串佛珠中摘下一顆，輕輕地放於我沾着泥巴的小手中。……不久，那顆佛珠也被我弄丟了，但不料幾十年後的今天，這顆佛珠的形狀色澤始終清晰地留在我心中。

——紫　丁

佛珠

紫丁

現在回憶自己的童年時代，也不得不慨嘆當年的頑皮和追求的執着，其實，誰的童年時代不是一個小精靈呀。

我十歲時，與一幫愛捉蟋蟀玩蟋蟀的小伙伴嘯聚成羣，在我們那條長長的弄堂裏，我們其實是一羣小霸王，尤其在秋天，聚在一起玩蟋蟀的喧囂吵鬧聲，惹得弄堂裏家家討厭。

記得我們那條弄堂，每戶人家都有一個獨立的僅得五步寬、長距離的小花園，有一扇造型精緻的不高的鐵門與之相連，小花園的另外兩面皆砌着高牆。

每當秋風一起，入夜，家家戶戶的小花園內便傳出唧唧蟲聲，其中最動我心的便是蟲聲中夾雜的或高或低的蟋蟀鳴聲。當然，要進入人家的小花園內捉蟋蟀是不許可的，而自家的小花園內的蟋蟀早已成為我自己的蟋蟀盆中收養的玩意兒了——只是我養的蟋蟀鬥性太差，屢戰屢敗，已上不得小伙伴們鬥蟋蟀的枱面了。

為了捕得一隻能在弄堂裏可稱「大王」的蟋蟀，我決心揀一個天未亮的淩晨，斗膽從不高的鐵門爬進人家的小花園內，做一次捉蟋蟀的「小偷」。

這一天，我大約在三點多鐘醒來，帶備電筒、挖泥勺，以及專捕蟋蟀的網，輕手輕腳的邁出家門。一跨入弄堂，啊，滿耳是高高低低響成一片的蟋蟀鳴聲，我的心一下子狂喜得如一匹小野馬般了。我用耳朵搜索到一頭鳴聲蒼沉的蟋蟀所在的一家小花園，走至鐵門前，便躡手躡腳爬了上去。剛剛腳落地，一抬頭，忽然嚇了我一跳，只見一個手捻佛珠的老婆婆瞪大了眼睛看着我，她口中唸唸有詞，但卻不是對我的訓斥。我一時怔住，不知她會否從她站立的內屋衝出來抓住我這個小小的「不速之客」。

立定片時，不見她動靜，但聽她的口中依然喃喃自語着。我立刻機靈地猜測出她正在唸經，是不會來管我這個爬進她家花園捉蟋蟀的凡間小鬼頭的。於是，我一步跳進小花園的草叢中，打亮電筒，搬開花盆，不管三七二十一地放手捕捉剛才計劃捉的那隻蟋蟀……

此時、此刻的情景十分滑稽，一老一小，各忙各的，誰也不提防誰，在昏暗的晨光中彼此都能看清各自在作甚麼呢。很準很利索地，我終於捕住了這頭身型碩大鳴聲蒼沉的蟋蟀，拍拍手，動作經盈地又走回鐵門。

——「慢！」老婆婆終於開腔了：「阿彌陀佛！小弟弟，你捉去了我的一個好朋友，這隻蟋蟀入秋以來天天陪我唸經呢，唉，阿彌陀佛！另外，小朋友，你記住，隨便爬入人家花園內捉蟋蟀，是一件壞事，是一種壞行為！你要記在心中！喏，我送你一顆佛珠玩，讓你記得這樣一個你我因緣吧！」説完，老婆婆已走到我身邊，慈愛地摸摸我的額頭，又從那串佛珠中摘下一顆，輕輕地放於我沾着泥巴的小手中。

她又摸索着打開了鐵門，放我走出去，省了剛才的攀爬之苦。一跨出鐵門，我便連蹦帶跳地逃走了，消失在長長弄堂的這一端。

不久，那顆佛珠也被我弄丢了，但不料幾十年後的今天，這顆佛珠的形狀色澤始終清晰地留在我心中。

小朋友們呀，你們見過佛珠麼，即是那種圓圓的中間打孔可以用繩串起來的小玻璃球或小玉球，至於那個老婆婆何以贈我一顆佛珠，你們知道其中有甚麼道理呀？我可早就想明白了。

【小賞】

小孩子躡手躡腳攀爬鐵門捉蟋蟀，老婆婆唸唸有詞手數佛珠，最初各行其是，各忙各的，誰也不管誰，最後老婆婆送一顆佛珠給「我」，兩者遂結下了因緣。一個滲透禪意佛理的好故事。

我的童年是一首快樂的兒歌，伴和着木屐的蹬蹬。在那個悠然湮遠的年代，我們小孩都穿木屐。一幢幢顫危危的舊木樓，一道道黑幽幽的木樓梯，迴響着一雙雙木屐的蹬蹬又蹬蹬。

——嚴吳嬋霞

木屐蹬蹬響

嚴吳嬋霞

嚴吳嬋霞

那天走過鬧哄哄的中環，順着人潮走上石板街，在車聲人聲中，我竟然聽到蹬蹬的木屐清脆地敲打在石板上。

我的童年是一首快樂的兒歌，伴和着木屐的蹬蹬。在那個悠然湮遠的年代，我們小孩都穿木屐。一幢幢顫危危的舊木樓，一道道黑幽幽的木樓梯，迴響着一雙雙木屐的蹬蹬又蹬蹬……

下雨天，我和小同學穿着木屐上學，踢踏着路邊小溪流般的溝渠水，一路嘻嘻哈哈的玩個不亦樂乎。回到校裏，用手帕把雙腳擦乾，換上馮強製的白帆布膠鞋，一本正經的坐直身子上課，老師便怎樣也想像不到我嬉水時的頑皮相了。

中環的大街小巷，曾經給數不清的木屐敲踏過。蹬蹬的是我那雙高蹄窄腰的摩登木屐，噠噠的是弟弟那雙扁平的直板木屐。母親說有木屐穿的孩子便是幸福的兒童。她小時候在鄉下，冬天也是光着雙腳下田種菜和上山割草的，凍瘡生了一個又一個也照樣忍着痛到處跑。比起母親的童年，我們當然是幸福的兒童了。因此我特別珍惜我那雙小木屐，把它當作幸福生活的象徵。我每次腳踏木屐時，便好像踏着哪吒腳下那對風火輪，有說不出的神氣和憧憬。

回憶中，最溫馨的感覺竟是母親從市場回來，一手提着重甸甸的菜籃，一手挽着一串色彩繽紛的木屐，一邊喘着氣，一邊宣佈說：「給你們買了新木屐啦，看看合不合腳？」我們一擁而上，圍着母親，吱吱喳喳地有如一窩搶着吃米的小雞。我分到的一雙可美極了，綠底紅邊，腳跟的地方綴上一簇小黃花和小白花。我捧在手裏，看了又看。快樂就是母親給我買了一雙美麗的新木屐，至於母親的快樂，就是看着女兒試穿經她精心挑選的新木屐了。

父親和母親吃過日本侵略者的苦頭，小時候我們是不買日本貨的。當日本塑膠拖鞋大行其道時，我們仍然穿木屐，直到港產塑膠拖鞋面世，我們才慢慢改穿不會蹬蹬響的塑膠拖鞋。

過了十五歲生日，母親便不給我買木屐了。她說大閨女穿木屐響蹬蹬的不夠斯文，因此她另外給我和姐姐買軟底緞面綉花拖鞋。從此，我的一雙腳再沒有穿過木屐了，那就是說，我的童年一去不復返了。

現在，我的兒子足登其樂鞋和Adidas，卻無緣穿木屐，只因我走遍大街小巷，也尋不到一雙買給他，讓他體會他母親木屐蹬蹬響的童年。有誰可給我一雙木屐，讓我蹬蹬的走回我的童年？

【小賞】舊日歲月雖已隨風而逝，但也變成了溫馨而親切的懷念。全文寫得頗富音樂節奏感，時時彷彿有一陣陣木屐的蹬蹬聲自字裏行間悠然傳出來。

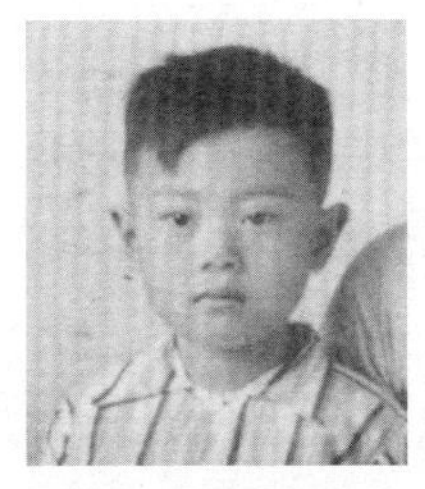

當我小學畢業升讀中一的那年，母親得病回鄉醫治，卻就此捨我而去！每當惦念起她自搥胸口的往事，我除了深深的自責外，還能要求她用籐條，把我這不長進的兒子，狠狠的再教訓一頓嗎？

——施友朋

母親的笞刑

施友朋

施友朋

有人的童年，是一個美夢自牛背滑落；也有人的童年，美麗如翩飛蝴蝶的彩翅，記憶——總是以笑聲綴成愉悅的風鈴，在黃昏裏泛成跫音。當然，也有一些在戰鼓炮火響起的童年，像二次大戰死於集中營的猶太女孩安妮，以其《安妮日記》而成為兒童見證戰爭的經典之作。較近期的，則有南斯拉夫小女孩《紫拉塔的日記：一個塞拉熱窩兒童的生活》，以及烏克蘭的猶太女孩瑞蒙坦•科柏寧斯基的《無言說再見》……

丘吉爾認為偉人通常都有一個不愉快的童年，當然，凡事都沒有絕對，快樂童年一樣可以造就偉人。

我的童年在鄉下村野度過，記憶中叔伯嬸母姨媽姑姐一大堆人，他們都是勤勞的農人，有好幾個叔伯去河溝挖蠔，生活極之艱苦。我因為年紀小，又得母親疼愛，既是受保護動物，自然便不曾捱過飢寒；不過，在我的腦海中，三十多年來，我依然記得大人們的生活極之艱苦，祖父把番薯粥搗得綿綿稠稠的一邊餵我，一邊說：這是精華啊！我喝掉稀的，剩下來的才有一點米滓子；如今，每當見到「慈祥」這兩個字，我總會浮起剛才那溫馨的一幕。

我的母親是個農村婦人，沒念過書，在吃不飽的常態下，自然不懂在瓜棚綠蔭下，手握《千家詩》或《唐詩三百首》之類的教我唸：莫道秋江離別難，舟船明日是長安。所以，童年的我，倒愛上山捉蜻蜓、捕蟬，到溪裏撈小魚，在泥淖裏打滾，生活充滿大自然的野趣。最難忘是有一趟爬上庭院的涼棚，本來是想撲蝶，豈知誤觸一隻蜜蜂，霎時頭頂被「炸」得一陣赤熱，我「哇」的一聲喊出來，這一哭，恐怕是我平生哭得最大聲的，彷如春雷一響。其後，母親經常拿我這則「撲蝶不成被蜂螫」的軼事取笑我。

接觸大自然，使我的童年充滿盎然生機，更令我養成積極的樂觀性格。

充滿野趣的童年，很快便隨着與母親南下香港而結束。那年我五歲，父親於婚後不久就到菲律賓謀生，我與母親歷盡艱苦偷渡到港後，父親也到港與我們作短暫的團聚。父親予我的印象，最深刻的便是沉默寡言，有傳統中國儒家「明哲保身」的觀念，十分鄉愿，他沒念過甚麼書卻刻苦自學，居然也可以背誦不少聖賢哲語，他教我背誦《千字文》，我當年把一本《千字文》背得滾瓜爛熟，可以倒頭來由結句背誦至首句，父親常以我的記憶力殊佳而流露「可堪告慰」的神情。

往後我與母親從香港仔搬到北角糖水道的姑母家，母親幫姑母照料兩個孩子，我亦到一間同鄉辦的小學念一年級。母親對我的管教極嚴，我念書的成績倒也不差，總在前三名。母親不懂得甚麼

「兒童心理學」，她只有一個信條：小孩子不可放縱。是以我沒有一分一毫的零用錢，放學後得準時歸家，不可在外撒野，老師若然有投訴，不問緣由是非，必定飽以一餐「藤條炆豬肉」。儘管母親的管教嚴厲，我天生的桀驁不馴，仍使我嘗盡母親的藤條，最嚴重的一次是我偷了姑母好幾次錢，每次十元（六十年代不是小數目），盡情的享受吃零食之樂，再買幾包塑膠的「劍仔」與小同學「格劍」。某次，偷錢事被母親發現後，我被綁在走廊外的水喉鐵箱上，母親雙眼冒火，怒不可遏，雞毛撣子在我幼嫩的每一吋肌膚，咻咻的發出肆虐的吼聲，我卻緊咬牙骹，抿着嘴一滴淚也沒有淌下來，當時我只覺得母親也實在太狠了！姑母與鄰人無不異口同聲：「這小子任性，頑固得驚人，太難教了！太難教了！」

當晚我賭氣的連飯也不吃一口，便上牀佯裝熟睡，夜間，母親掀開我的被蓋，用溫柔的手撫摸我的傷口，一會兒竟放聲的哭起來，且猛搥打自己的胸口，我一個側身夢囈般「伊唔」的把臉靠向牆壁，兩行淚水禁不住悄悄地湧了出來，我知道這趟自己真的傷透她的心了！

這以後，我乖巧懂性多了，很少惹母親惱怒。然而，當我小學畢業升讀中一的那年，母親得病回鄉醫治，卻就此捨我而去！每當惦念起她自搥胸口的往事，我除了深深的自責外，還能要求她用籐條，把我這不長進的兒子，狠狠的再教訓一頓嗎？

【小賞】

天下父母心，對孩子都是打之愈狠，愛之愈深的。當然，亦同時是「打在兒子身上，痛在娘親心上」，本文將這些一一形象地詮釋。文章生動地敘述了父母親對自己一生的影響，自悔自省之情交織。

童年已逝去好久，但在記憶中卻永不褪色，許多事猶如剛發生般真切生動，色彩鮮明。雖是個女孩子；但我那時比許多男孩子還頑皮好動，頗讓父母頭痛。

——黃虹堅

童年趣事

黃虹堅

童年已逝去好久，但在記憶中卻永不褪色，許多事猶如剛發生般真切生動，色彩鮮明。

雖是個女孩子；但我那時比許多男孩子還頑皮好動，頗讓父母頭痛。

有段時間家住石歧，住屋後面是座草木茂密的大山，那是我和別的孩子的樂園。我們喜歡滿山的青綠，喜歡長鬚飄曳的老榕樹，還喜歡夏天時習習的涼風。我倒常靠着榕樹粗大的樹幹，聊天、下棋、打鬧。

有一回，在山上瘋跑時，我們發現了幾片綠油油的葉片，用力一拔，揪出了一個圓圓的果實。

「這不是番薯嗎？」有個小伙伴說。

另一個小伙伴扒斷了果實，指着紫色的花紋說：「還是檳榔薯哩！」

我想起了生吃番薯那種又甜又脆的滋味，嘴裏頓時冒出了口水，一把搶過就往嘴裏塞，用力一咬，忽覺滿口麻木，面頰也像僵硬腫脹了，竟連哭叫也不能，只剩得幾聲乾嚎。

小伙伴都被我的怪模樣嚇怕而四散，我便一路乾叫着回了家。

媽媽見到我捏在手上還捨不得扔掉的半截「番薯」，又好氣又好笑：「這是芋頭呀？」說罷，找出了一塊黃片糖塞進我嘴裏，吩咐道：「快嚼，解毒的！」

在我的印象中，沒有比那一塊黃片糖更甜更香的食物了。

後來的住處附近有一片桑椹林。春季之交，樹叢上綻開了一小串一小串綠色的桑椹。我和那些和我同樣嘴饞的小伙伴一放學就鑽進林子裏，關心它們甚麼時候才被曬紅變紫。桑椹蜜汁欲滴時，便是我們的開心時光。我們一進林子便不願出來了，總要充分享受一嘗新鮮桑椹那種無限的快意。有幾回我們只顧在林子裏留連，連上學都耽誤了，後來還是向媽媽寫了保證書，發誓不再重犯逃學的錯誤才了結。

但是那種和陽光、草木的親近，那種被桑椹的汁液染紅了嘴唇的快活，那種盡情享受新鮮果實的滿意，帶給了我難忘的樂趣。

我在童年時也常常想自己動手去做一些事，因此常常惹禍。

我讀小學後，仍愛伙同妹妹一起玩「過家家」。那時的玩具少得可憐，我便搬出媽媽藏在牀下的瓶瓶罐罐罐當玩具。有一次忽萌奇想：既是過家家，該有一個「家」呀！一興奮便順手撿起父親最心愛的雨衣，「嚓嚓」幾下在袖口和下擺各剪了一個洞，用繩子向四方一扯，拉開了一個「屋頂」。

我和妹妹們躲在「屋頂」下激動地大叫：「下雨了，下雨了，快躲進來呀！」正高興時，繩子「咔嚓」一聲被人揪斷了。一抬頭，父親鐵青着臉站在我們面前……不用說，我自然被父母狠剋了一頓。

我在童年頑皮過，闖過禍，幹過傻事，如今這一切都成了有趣的回憶。我們那時的物質生活雖匱乏，沒有多少玩具，也沒有多少零食，但我們也和今天的孩子們一樣，擁有自己童年的天空，那一角天空縱塗着種種色彩，卻必有共同的絢麗明麗的一筆，那是獨屬於孩子的天真的心境。

【小賞】

文章寫得頗有生趣和野趣，源自作者自稱的「野性」。樸素自然的文筆，將讀者帶入嗅得到花草、泥土氣息的大自然環境之中，足以使長期住在城市裏的人躍躍欲試。那怕只是野生果實，也可咀嚼出許多「情味」。

歲月流轉，我和妹妹都孕育了下一代，《唐詩三百詩》至今還是我的「最愛」。

——周蜜蜜

最愛

周蜜蜜

妹妹偕丈夫，攜女兒自英倫飛來度假。

兩歲多的小姨甥女，才學會講話不久吧，她可是在一個語言環境極其複雜的環境下生長的，學講的是三種語言：英語、國語和粵語。

那天吃過飯後，妹妹對小傢伙說：「背首唐詩吧。」

在座的老少家人都吃了一驚，難為那小傢伙眨巴眨巴一雙大眼睛，毫無怯色地一張嘴，用純正的粵語一字一句地背誦起來：

「牀前明月光，疑是地上霜，舉頭望明月，低頭思故鄉。」

在粵語中，有不少是古音。儘管平時總覺粵語不悅耳、不動聽，然而，利用那九個音節平對仄、仄對平地誦讀古詩，聽來也像有滋有味了。不過，出自一個兩歲多的孩子之口，卻實在令人難以置信，真要寫個「服」字。

「別忘了，你們小時候，我也教你們姐妹兄弟幾個，背過不少唐詩的呢。」媽媽觸景生情地說。

忘不了，當然忘不了。自小到大，我最喜愛的一本書，也是常常置於左右的一本書，就是《唐詩三百首》了。還沒學會認字的時候，外祖母、母親就輪番教導我們，背誦顯淺易記的詩句。到了上小學的時候，母親送給我們《唐詩三百首》的插圖本。我們自己看了，讀了，再聽大人們講解。那麼精確的文字，有音，有韻，更有畫意，有境界天地。這是中華民族的文化精華集啊。

外祖母是位嚴格的家庭教師。在母親出差或是下放的日子，她就有「管轄全權」了。每天緊張地督促我和妹妹、弟弟做好學校的功課，然後就要聽我們背唐詩，短的每天一首，長的兩、三天一首。偏偏我和妹妹都是調皮的孩子，要用自己的「特有方式」去背誦唐詩——

我們分別穿着母親的衣服，甩着寬鬆長大的「水袖」，裝作詩人，有時我扮「李白」，妹妹扮「杜甫」，有時又演活詩中描述的人物，甚麼楊貴妃啦，賣炭翁啦，各自做出自以為神似，實際上卻是古靈精怪的動作，把一向嚴肅的外祖母逗得開心不已。

上中學的日子，正是「文革」最烈之際，被迫失學，終日上山砍樹建「分校」，但《唐詩三百首》，卻一直是我的讀本。

歲月流轉，我和妹妹都孕育了下一代，《唐詩三百首》至今還是我的「最愛」。

【小賞】文章格局大致可歸入小品。「最愛」的是《唐詩三百首》，足見童年讀書生活的豐足，並由此體現出一種自豪感。由此一端，也可窺見中華民族傳統文化對一代又一代人的哺育和薰陶。

今天，當我凝視這張舊照時，怎能不懷念起那一朵童真凝成的微笑？雖韶華易逝，唯微笑永存。而心靈深處，似乎有點甚麼東西被觸動了。

——蘭　心

永恆的微笑

蘭　心

我的童年是在北京度過的，那時候，照相機並不普遍，在尋常人家來說，還是件奢侈品。舅舅曾在蘇聯留學，他帶回來一架小型的135黑白照相機，可真把我和弟弟樂壞了。

那時候，我的小心眼裏總是暗暗盼望着舅舅的到來，幫我們拍幾張相片……

似水流年，往事如煙。當我回到遙遠的故鄉，找尋舊日的蹤跡時，發覺童年留痕竟是那樣寥寥可數。

然而，就是從這幾張經歲月淘洗而存留的舊照片上，不僅依稀回憶起自己昔日的模樣，更勾起一些似乎模糊，如今卻又變得十分清晰的童年剪影。

有一張照片是在剛剛落成的新居裏拍的。年青的爸爸媽媽抱着我和弟弟。那時正是冬天，我和弟弟穿着花裏花碌的厚棉襖，繫着潔白的小圍嘴，簡直就是個花皮球。儘管是黑白照片，也能看到圓圓的臉蛋上，兩頰紅撲撲的，像隻熟透了的紅蘋果。也許是面對鏡頭的興奮，我的眼睛東張西望，沒有望着鏡頭，而是望向身邊的弟弟，嘴角還洋溢出一絲有點害羞又快樂的笑意；雖然破壞了照片的和諧美感，卻流露出兒童天真無邪的性靈。

還有一張是在夏日拍的，比起前一張相片，我又長大了幾歲。蜿蜒的小路旁，蒼鬱的竹林在風中搖曳，晴空上飄着幾絲雲彩。陽光將婆娑樹影投射在路上，投射在我和弟弟的身上，整幅畫面煥發一種自然而不加雕琢的情趣，與相中人的純樸活潑渾成一體。

我們姐弟三人依偎在一起，穿着新衣服，老祖母一針一線做的新布鞋。我身上是一件連衣裙，胸前綴着白色的花邊。啊，這不是童年時我最鍾愛的裙子嗎，淺紫的底色上，鑲着一個個圓圓的小白點。我的髮辮梳得光溜溜的，還紮着兩隻大蝴蝶結，那是媽媽精心替我繫上的。

在這張邊緣已有點磨損、微微褪色的照片上，幼年的我卻綻放出一朵可愛的微笑，像艷陽般燦爛，就是在多年後的今天，當我重溫往事，細細瀏覽這張相片時，竟有點不敢相信，這就是當年的我？

我從來不是一個漂亮的女孩子，從小至大，沒有人誇讚過我長得好看，然而，卻因為這純潔晶瑩的微笑，彷彿變得很美麗了。如果，我能永遠保有這微笑，也許有一天會成為一個人人羨慕的幸福女子呢？

命運，是那般無情，它將悲歡離合、生死無常，一點一滴地，化成風霜雨雪，鏤刻在我的額頭上、眼角旁；當我漸漸長成一個少女時，笑容裏開始摻雜了絲絲憂鬱、徬徨；直到今天，對着鏡頭，我也還會微笑，但那其中，已深深蘊含了無法掩飾的滄桑與淒涼了。

冰心説：「童年啊，是夢中的真，是真中的夢，是回憶時含淚的微笑。」

童年的笑容，美就美在它的真，珍貴之處也就是那發自內心、不染塵俗的真；這一份真，在尋尋覓覓的人生路上，在風風雨雨的侵襲下，似乎已經蕩然無存了。

今天，當我凝視這張舊照時，怎能不懷念起那一朵童真凝成的微笑？雖韶華易逝，唯微笑永存。而心靈深處，似乎有點甚麼東西被觸動了。在默默無言的沉思裏，難道是那久已塵封的童心萌動了？是的，只要在我的記憶裏，仍能留駐着這微笑裏的一抹真誠，對人生，也就會懷有永不磨滅的希望與憧憬了。

【小賞】

從一張照片看時代和社會的變遷，自省成長歷程，思索人生真義，難能的是語帶憂鬱，又不失抒情氣息，温柔的文字中滲透着對童年的回味和眷戀。通篇文章彷如一幀色彩殘舊卻仍閃光的照片。

童年已矣，但回憶往事，最能感受父母之愛，手足之情——就在打開門的日子裏……

——孫慧玲

打開門的日子

孫慧玲

打開門，打開門的生活會是怎樣的自由愜意，又是怎樣的新鮮刺激？我的童年，就是在打開門的日子裏度過的。

在我仍在襁褓時期，爸爸的職業是船員，長年累月穿洋過海，每次回來，總是短短的幾天，但我的生活可不愁寂寞，由於弟妹眾多，整天不是你追我逐，便是擾攘吵鬧。我雖是女孩子，且是大家姐，玩耍嘛，倒缺不了我的份兒，我眉梢上的疤痕也就是幼時在客廳中追逐跌倒換來的。那時我才六歲，和小弟妹們玩捉迷藏，一頭栽在几角上，血流如注，家中傭人立即用薑茸敷傷口，痛得我哇哇大哭，血是止了，卻留下一角疤痕，形狀就似包青天額上的月牙，但我的月牙卻在眉梢！

爸爸終於厭倦了天涯飄泊的生活，也捨不得我們六兄弟姊妹，於是決定將住所客廳及前面的房間拆卸，裝修成店鋪，做起米店生意來。我們一家，也就開始了「打開門的生活」。

由於店務繁忙，父母又得胼手胝足，應付生活，我自小二開始，便得自己上學放學。我家住在北角，學校在大坑，每天要乘坐幾個站的電車或巴士，再行一段浣沙街，才到達李陞小學。有時，我為了節省那一毛車錢作零用錢，還會步行上學及放學的。爸爸媽媽的放手與放心政策，使我自小練就膽大與獨立的性格，可也導致一段膝蓋潰爛的日子。

那一天，大雨滂沱，水浸大坑，黃濁的大水沿天后廟道洶湧沖下，在柏油路上翻激流，較淺處水波粼粼，神秘又美麗；有小石塊處浪花躍起，小跳步踢起水珠，嬉戲又頑皮；有垃圾堆處水波湧起，大跨步掀起浪頭，澎湃又雄偉；水流有時直沖，有時狂瀉，有時又急轉彎，看得我目眩心跳，我那時才八歲，涉水行出大坑，已經渾身濕透，站在天后廟道口，猶豫不決，面對洪水奔騰，心房狂跳，雙足發軟，實在把心不定，舉腳不定，那腳尖啊，踏前了又縮回來，但人已在半路，正是後有水浸，前有水湧，進退兩難。最後敵不過歸心似箭，終於把心一橫，乘着水勢看似稍緩的剎那，踏出腳步，可惜在另一隻腳尚未踏穩之際，已被洪水沖倒，直摔出英皇道，幸好那時路上沒有車輛，又幸好有一位清道夫正在清理淤塞的溝渠，他大手一伸，將我連人帶書包撈起來，抱到那時位於銅鑼灣道口的保濟丸藥廠救治。我的兩個膝蓋被磨擦得皮開肉裂，鮮血汩汩流下。我有沒有哭？我倒忘記了，只記得藥廠的叔叔伯伯慌忙為我止血，也連忙替我致電回家。爸爸媽媽驚惶趕到時，清道夫叔叔已不知去向，這位不知名的恩人，至今仍在我心中，教我知道，施恩何須待謝的道理。我的傷口，由於處理不好，發炎潰爛，整整一個月才結痂痊癒。

前鋪後居，人口眾多，最苦惱的是沒一處清靜的溫習場所。找遍全屋，只有二處足可容身，一處是洗手間，店中有二個洗手間，讓我霸佔一間，躲在裏面讀書，有時耽得久了，弟弟們或店中伙計也會爬上氣窗，窺看我在內裏的動靜，使我不得安寧。另一處就是店中的米包上。店中米每一大包是一百六十多斤，一大包一大包的相疊，一疊就是十二、三包，疊米通常不會高至天花頂，其中的空隙正好容得下我。我時常攀上米包，背挨着一疊，坐着一疊，腳頂着另一疊，高高在上的背誦中文。嘻！那時，弟妹們找不着我，不會來騷擾；爸爸媽媽見不到我，不會叫我做店務、家務，我在上面沉醉在自己的小天地中，專心致志，偶爾抬頭，遠望街景，樂趣無窮，想我自幼勤力讀書，但沒有近視，也是這個原因吧。有一次，令我意外兼緊張的事發生了——躲在米包上的我，竟然發現一名伙計乘爸爸不在，媽媽在店後做飯之際，竟然潛入櫃枱中偷錢！我有如做大偵探的感覺，靜靜的將事情向爸爸報告，有一次，爸爸不動聲色，也跟我一起爬上米包上匿藏，居高臨下，暗中窺視，果然人贓並獲！

在米店中，甲甴老鼠在所難免。我就曾經在睡夢中被甲甴咬破手指頭，痛極而醒；也曾被咬傷頭皮，又是痛極而醒。有一次，爸爸打開天井一個渠蓋，噢！天！整個渠蓋下都是甲甴。我家住在地下，又開店鋪，甲甴當然是我家常客，理應見怪不怪，但成百上千的甲甴，擠在一個渠蓋下，重重疊疊，嘜嘜啐啐，場面不可說不駭人，連爸爸也失驚掉下手中的渠蓋，哎吔！渠蓋一落地上，震得甲甴四處都是，連在渠中黑暗處的傢伙也紛紛趕出來趁熱鬧。我最討厭甲甴，見此情景，嚇得驚叫，嚇得猛跳，嚇得亂踩，媽媽弟妹們聽到淒厲的叫聲，立即趕來，除了膽小的妹妹立即退下火線外，全家人就像瘋子般，叫啊、跳啊、踩啊，甲甴也就爬啊、竄啊、四散啊。……回想起來，可怕的場面仍歷歷在目。

更恐怖的事仍在後頭。店中甲甴多之外，老鼠也多。我們全家，又是除膽小的妹妹外，都是捉鼠敢死隊，爸爸每發現老鼠竇，見有新生的，仍未開眼的小鼠，必會捉去浸酒，說有補云云。弟弟們膽大包天，嫉鼠如仇，一見鼠蹤，無論正在做甚麼，都會立即歸隊，或追打，或生擒……。木棍、地拖、掃把、鐵鑿、鎚仔、火水鉗……，全部用上，人手一把，用木棍痛毆，用地拖堵塞，用掃把截阻，用火鉗夾緊。捉到老鼠，大弟用鐵鉗拑着鼠頭，二弟用鐵鑿抵住鼠嘴，五弟用鐵鎚重鎚而下，就地將鼠處死，比起中國古代酷刑，不遑多讓。那時，我必在旁苦苦相勸：「何必呢！交給滅鼠組吧！」妹妹也必在旁流淚悲哭，似在祭鼠。

打開門的日子裏，最威風的是整治街尾士多那兩個小惡霸。他們恃大欺小，恃強凌弱，常常欺負弟弟們。有一天，二弟和三弟又哭哭啼啼地回來，爸爸媽媽不在店中，我義憤填胸，立即帶同弟妹，怒氣沖沖的去找他倆。那時我十歲，是大家姐，所以由我拿雞毛掃；二弟九歲，家中長子，由他拿小木棍；三弟八歲，拿長間尺；四妹六歲，拿「煮飯仔」用的鍋鏟；五弟五歲，拿他的小水槍；六弟三歲，甚麼也不拿，由我拖着他。唉，當時若真打起架來，我家那隊童子軍，又怎會是他倆兄弟的敵手？但說來奇怪，他倆見我們六人一字排開操到，又團團將他們圍住，由我義正詞嚴的警告他倆不要再欺負我們，否則對他們不客氣，當堂張目結舌，啞口無言，以後不敢再犯。從此，孫家六小福的齊心，也就名聞北角。

童年已矣，但回憶往事，最能感受父母之愛，手足之情就在打開門的日子裏……。

【小賞】打開門即打開生活之門。幾件事敘述充分而生動，語言富有個性。

看她威風的模樣，她確是相信天狗被他們嚇跑了，我心裏覺得很可笑。但我又想，我應該怎樣說，才能令她相信是日蝕而不是食日呢？

——林中英

天狗食日記

林中英

林中英

在念小學五年級的某一天，早讀課上，班主任老師告訴我們今天中午十二時四十分，天上將出現日蝕。

「甚麼叫日蝕呢？」老師掃視我們一下，見大家雙目茫然，便解釋：地球繞着太陽轉，月亮繞着地球轉；當月球運行到地球和太陽的中間，如果成一直線，月球遮住了太陽，便會出現日蝕了。地球某部分地區落在月球的影子內，那裏的人便完全看不到太陽，這叫日全蝕；有些地區是在月球的半影之內，能吞到太陽的一小部分，這叫日偏蝕。

我們問：在澳門看到的是日全蝕還是日偏蝕呢？

「是日偏蝕。同學們放學後，應抓緊機會看一看。」老師還教導一些看日蝕的方法，提醒我們要保護眼睛。

這個上午在期待中慢慢過去了。放午學後，我一腳踏進家中，直奔入廚房，摘下掛在牆上的洗衣盆，從甕裏舀滿大半盆子水，呼來妹妹合力挽出街外。再折回屋裏張羅玻璃片，可是真令人失望，妹妹立即跑到鄰居蘇女家去尋，她家「傢生多」。

我坐在門前石階上焦急地等待，冷不防隔壁的大姨喊過來：「阿英，過一會天狗來食日，記住敲響鐵盆，將天狗嚇跑。聽見麼？」

「甚麼天狗食日，老師說是日蝕。」

「是食日！」隨着大姨的一聲更正，對戶的娥姨、三婆已各各搬出鐵桶鐵盆，一溜兒放在門前了。

天狗食日的傳聞在小街巷裏迅速傳揚起來，小孩子們聽見大人破例讓他們敲盆打桶，握着柴頭木棍興奮地在跳躍、逡巡。

時間快到了，我們放棄找尋玻璃片，把洗衣盆挪到街中心，守在盆邊等待奇景在水面中出現。果然金黃色的陽光漸次收起它的亮色，天空變得悶悶的灰白。

「天狗食日囉，趕走牠呀！敲呀！」大姨一聲號令，她的兒子們使勁擂響第一棒，各戶門前的老人家小孩兒都揮起胳膊敲，有的桶口朝下，底兒當成鼓皮；有的挽起盆子當作大鑼，咣咣鏜鏜，呼呼嘭嘭。「天狗食日呀！」一街子的童聲在呼喊，倒像列起一隊儀仗隊來迎接天狗似的。

這一邊，幾個頭顱緊攏在洗衣盆上，但從水面反映出幾張面影。

「我們的頭遮住了，站開點兒！」

「誰撞了盆子一下？水都給震花了！」

大家都在乾着急。

又聽見大姨在高聲催促：「還不快敲？天狗把日頭吃了去，就沒有日頭啦！」

我很想分辨天上根本就沒有天狗，而太陽很快便會再露臉的了。可是我沒空說話，我急於一睹新奇的天象。

「有了！有了！」忽然，蘇女的弟弟舉起一塊用墨塗黑了的玻璃從屋裏跳出來，我們連忙竄起，奔到他的身邊。

「怎樣？」「能看到嗎？」「快給我看看！」

幾雙小手伸向玻璃片。

「看到了！」「我也看到了！」

敲盆聲疏落了。原先打桶子的孩子紛紛湧上來。

「看甚麼呢？沒甚麼啊。」搶先拿到玻璃看的小孩很失望，他一定以為我們剛才看到了天狗。

「太陽只剩下一點點，它被月亮遮住了。」妹妹儘管說了，看來她仍是不明白。

敲盆聲再沒有勁了，太陽在黑玻璃底下又一點一點的顯露，天空復又明亮起來。這時大姨一手扶着門框，一手叉着腰說：「天狗跑了。下次牠再來，就是這樣子敲。」

看她威風的模樣，她確是相信天狗被他們嚇跑了，我心裏覺得很可笑。但我又想，我應該怎樣說，才能令她相信是日蝕而不是食日呢？

【小賞】

通過「日蝕」一件小事的娓娓而道，活畫出六十年代小城的風俗人情，既親切又溫馨，既愚昧又好笑。對大姨的形象，雖僅是三言兩語加以刻劃，然其自以為是，對自然現象無知的神態模樣，已呼之欲出矣。

我的童年卻是一串坎坷流離的日子。不過，多謝謝媽媽，她在艱苦中撫育我們兄弟姐妹四人，我們同甘苦，共進退，在貧困生活的重錘下，仍然迸出點點歡樂的火花！

——陳華英

野孩子

陳華英

說起童年，人家都說是「歡樂童年」，但我的童年卻是一串坎坷流離的日子。不過，多謝媽媽，她在艱苦中撫育我們兄弟姐妹四人，我們同甘苦，共進退，在貧困生活的重錘下，仍然迸出點點歡樂的火花！

西水大

那時，由於大陸政權的易手，我們由一個小孩一個奶媽跟着的有餘之家，迅速變為「一窮二白」的人家。父親到了香港找工作，媽媽典賣盡家中的瓶瓶罐罐、傢俬雜物之類，為了生活，就帶着我們四個，到廣州市附近的鄉下，當鄉村教師去。

那鄉下的學校，原來是一座古老祠堂，中間正進的大廳，神龕上擺滿了一列列的祖先牌位，旁邊垂着舊得發黃的銹花長幔。正廳兩旁就是兩個複式教學的廂房，我們一家就住在廂房側的小房間裏。

當時，珠江每年都會發一次大水，而支流西江下游都會被淹沒了。我們學校的所在地——倉梅鄉就在西江的下游，因此，村中低窪地帶都浸了，學校前面的操場也浸了，學校停了課。我們每天都站在祠堂門前張望，一直望到水退了，祠堂門外一片泥濘，我們就拿着竹筲箕、水鐵桶，歡叫着向操場邊緣的一條小澗跑去。

六歲大的姐姐用竹筲箕截着小澗的一頭，五歲的哥哥就從溝水的另一頭踢着水花走過來，目的是把魚兒驚起，趕到姐姐的筲箕裏，我和弟弟就在一旁吶喊，為他們「打氣」。

當姐姐把竹筲箕拿起來的時候，老天爺總不會令我們失望，裏面有大大小小的魚兒這都是大水把牠們從江上帶來的，有時還有一兩條水蛇，那時，我們也不大怕，大概水蛇是不咬人的吧！

回到祠堂，我們叫媽媽把大的魚兒蒸了，小的魚兒炒雞蛋吃。

晚飯的時候，香噴噴的味兒從魚身透出來。經常數天不聞肉味的我們，美滋滋地望着碟子，大家點着頭，開心地笑了。

剝蔗荚

拾柴火是鄉下孩子的日常工作，當然也是當時流離鄉下的我們的工作。拾不到，就沒法燒飯燒水了。我們通常上山拾枯枝，抓（用竹爪子耙）松針，下田剝甘蔗枯老的葉子。

一天，哥哥獨個兒出外拾柴火，直到黃昏，媽媽做好了飯，還不見回來。媽媽擔心極了，跑到村口望着，我們也緊緊地跟在她身旁。

天色慢慢暗下來，天空又高又蒼茫，村口的老樹如剪影一般叉着一彎剛升的新月。

媽媽不停的喃喃自語：「他迷了路？不會滑下山坡罷？……不會給蛇咬了罷？……不會給狗咬傷罷？……不會掉進池塘裏罷？……」她急得發瘋了，但天大地大，都不知到哪裏去找哥哥，只是無助地走來走去。

我們三個小不點，雙眼望穿那剛收割過的稻田，望穿那豆架瓜棚，望過那田間小徑，一直望到天邊，還是看不到哥哥的影子，姐姐開始哭了。

忽然，在圓闊的蒼穹底下，一個小黑點出現了，黑點漸漸擴大，我們看到一個瘦小的影子蹣跚地走來，而這個影子卻艱難地背着一大捆東西……

啊！是哥哥，原來是哥哥！我們奔跑過去，媽媽一把擁他進懷裏，嚎陶大哭起來；而哥憋了半天的眼淚決堤般湧出來，把媽媽的衣襟全濕了。

哭了半天，媽媽問哥哥是不是迷了路，哥哥說不是，只不過他今天的收穫太豐富了，在蔗田剝了好大一把蔗子，還採了幾枝蔗橫枝（蔗田主人都不留的。）他背不了這麼重，更捨不得拋掉，只好半拖半拉半背，在荒漠的蒼穹下，孤零零地走過一片、一片寂靜的田野，跌跌撞撞的捱回來。

當時，哥哥五歲，那捆柴火，倒比他高上半個頭。

當哥哥從蔗莢中抽出那又瘦又小的蔗橫枝遞給我們時，我們都哭了。

媽媽吃不下飯，只是待我們睡下，她放下蚊帳，一邊用火水燈熏帳內的蚊子，一邊嗚咽了一晚。

童年的日子離我們遠了，經過歲月的淘洗，苦澀味畢竟淡了些。但當我凝視着我白白胖胖的兒女——他們豐衣足食，物質豐裕，有享受一切最好教育的機會，而他們還不時因一些小事而爭執，我就禁不住回憶起我那些兄弟姐妹相依為命，亦苦亦甜的坎坷歲月來。

【小賞】

在坎坷流離的日子中，不乏苦裏尋趣、淚中含笑的趣事。對於環境的渲染，頗為着力，隱隱散發出一股鄉土氣息。「迷失」一節，繪聲繪影，母子情深，流露無遺。

作者素來講究文字，讀來一新耳目。

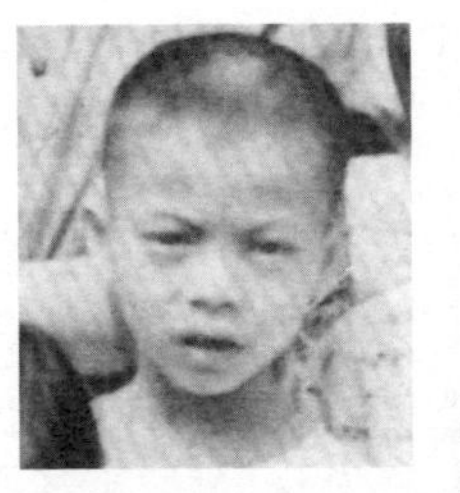

童年的我瘦而矮，常是同學所欺侮的對象。班中座位，總是給編在最前一排。身材瘦小，兼又多病，這使我特別地憶起童年時好些與此相關的片段……

——秀 實

童年憶舊（二帖）

秀實

童年的病

我有一個瘦弱多病的童年。

那時好些往事，留下給我極深刻的印記。到現在閉目回憶，便又鮮活得如同剛離開流水的游魚般，亂趴趴的在腦中翻騰着。

童年的我瘦而矮，常是同學所欺侮的對象。班中座位，總是給編在最前一排。身材瘦小，兼又多病，這使我特別地憶記童年時好些與此相關的片段。

纏綿折騰最久的是皮膚病。究竟是哪種皮膚病，到現在仍無法知道。只曉得是奇難雜症，得來的原因不明，癒好的理由不知。長年四季均如是，只在寒涼時稍稍蟄伏，暑熱時又復猖獗起來。遍尋草醫，都束手無策。

這種惡疾，我小二時便染上。無緣無故的，肩膊和四肢等十來處地方，都聚生着一堆堆瘡癬。皮膚奇癢難耐，抓破了會滲出汁液，好幾日便結成焦塊，又給抓破，瘡會愈來愈大，分佈也愈廣。除了定期看西醫外，母親更在花園街和廣華街口的生草藥檔購買草藥，早晚給我沖洗。但可惜未見成效。

最嚴重的該是小五、小六時。各患處均呈浮腫狀，遍體痕癢難受，睡眠時甚至得把雙手綁着，以防抓破患處。雙親為此四出奔走打探，求名醫和特效藥。那時，油麻地定好酒家的橫巷內，某「生神仙」看過我的病況後，揚言三次便保證根治。父母本來躍躍欲試，但可惜醫療費用奇昂，家中經濟根本不能負擔；另一方面，又怕給那些言大不實的江湖術士詐騙，只得打消念頭。其後，父親不知怎的，買來一種名貴的特效藥，叫「滴歌隆P」的。藥膏是西德出品，只有成人尾指般大小，便售十七元半。父親見勉強可以負擔，便一直用着。這種膏藥雖未能治好頑疾，卻能把病情控制下來。直到念中三級時，瘡癬逐漸退去，終於無聲無息的痊癒了。

這個頑疾，和我糾纏了八年，也使父母親為此操勞憂心。奇怪的是，父母以後絕少再提及這段舊事。我想，這是父母希望子女只憶記美好童年的舐犢心態吧！但好些片段，我至今仍確是歷歷在目的。好像一次，父親牽着我的手，沿彌敦道走到登打士街口的西藥鋪買特效藥膏。店員包裝好給他後，他拿着在我的面前揚一揚，開心自豪地說「這是昂貴的特效藥哩」，回家後便交給母親替我敷塗。

對我們八兄弟姊妹，父母確是足以自豪的。

菜市場

小時候，常隨母親上菜市場。

那時兄弟姊妹眾多，母親早晚上菜市場，必帶同我們其中一二，幫助挽菜籃子。不知何故，大哥和我常給選中。或許母親以為挽托等費力的工夫，男孩子較適合擔當，但這要令姊妹們羨慕不已。

當時家在旺角，我們常光顧的菜市場，是豉油街那個。偶爾也會到廣東道街市。但那是極難得的機會，兄妹們都嚷着要去，為此會吵鬧老半天。

菜市場擠迫不堪，路面濕滑骯髒，但卻不妨礙保留兒時所見的美好印象——熱鬧新奇，如遊樂園般的多趣味。

大哥和我最喜歡在菜花上捉蜜蜂。每次我們都預備好一個空的果占瓶子。先用釘子在鐵蓋上鑿出幾個小孔透氣，然後在市場上撿拾一些棄置了的菜花，放進瓶中，作為蜜蜂的食糧。兄弟倆在菜攤前巡逡，看準獵物，便用瓶身把牠罩着，再楔好蓋子。運氣好時，一次可捉獲四、五隻之多，不能再多，原因是打開瓶蓋捉新的時候，舊的又給逃去。菜販的菜給小小的毀壞了，會高聲喝罵我們。印象裏，母親為此與人口角，也有好幾次。

大哥和我也很喜歡在糧油雜貨鋪內的米堆裏找穀牛。那時類似的店鋪很多，如今已式微，為超級市場所取代。那時也不叫穀牛，叫「蛀米蟲」，現在已隨「真空處理」而少見了。蛀米蟲六腳，黑黑小小，最有趣的是頭部，凸出呈牛角形，喜歡往米堆裏鑽。因為家中的米缸不能亂翻，兄弟倆只好把握上市場的機會。有時會累積到十來隻之多，用透明膠質的陳皮樽子盛載，放進一小撮米養活牠們。間會混雜着米蟲飼養。米蟲營繭時，黏着四周的米粒。隔一段時日，會化成小蟲飛出，十分奇妙。

記得我曾在市場上意外的捉獲一雙螳螂。回家後把牠放在窗前一盆鐵樹上。樹下一泓清水，料想牠難以逃脱。怎道一個不覺，已失其所蹤。兄弟倆為此尋找和惋惜了老半天。

菜市場，就是如此佈滿新奇，吸引着兒童時代的我！

【小賞】

凡寫童年的病，無不包含對父母的一份感激。《童年的病》就通過對病的治癒過程，流露一種樸素真切的感恩心情。《菜市場》不寫買菜，卻寫兄弟倆乘機找「玩意」玩，別開生面，新奇有趣。

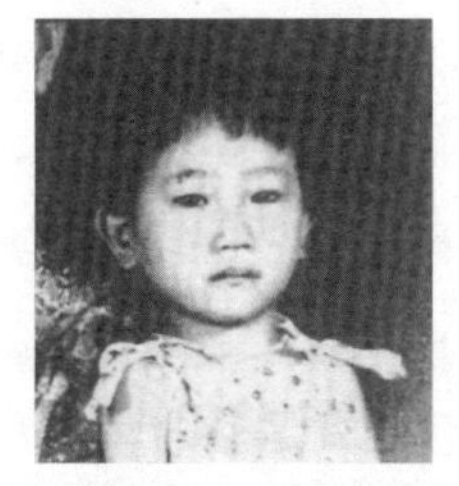

我始終迷戀生我之家。這迷戀雖曾為一場撕心裂肺的慟哭而一度幻滅，但終究復熾如初，那場慟哭，卻成了童年留給我的銘心之憶。

——夢如

失落，是另一種擁有

夢如

記憶中，似乎沒有一個家，令我夢縈魂牽，總是遷徙，遷徙，無止境的遷徙。然而在歲月泛黃的底片中，卻隱約浮現一幢田園式房屋——我和咪咪並肩坐在門外石欄上，她終於肯送給我珍藏的幾顆紅豆，平日裏卻要爭得面紅耳赤。似乎有點兒離愁別緒了……那年我五歲，在印尼棉蘭巴莎拉美的居所，回國前夕。

記得兒時在那小屋，賓客甫至，姐妹數人便爭相搶着拉鐵閘，我總是被擠在一邊——咪咪義正辭嚴：「這是我的家，輪不到你來開門！」我自是滿肚子的不服氣。儘管三姨那兒住的日子多，回來總是親親熱熱地喊爸媽，我想我是一廂情願地把這裏當成家的，倒彷彿去三姨處作客似的。

撇開生父在老家福建與髮妻所生的幾個女兒不說，文君再醮的母親又帶着三個女兒過門，咪咪大我兩歲，是父母再婚後的第一個千金，當然格外恩寵。父母求子心切，自是情理中事，兼且母親生我之前，夢見誕一麟兒，為此全家上下無不歡欣鼓舞；豈知翌日出生的我，竟是那樣的不爭氣，故而命名「夢如」，乃取其好事如夢之意。據悉大人已商定，此胎若再弄瓦，無論如何不養了，在重男輕女的年代，女嬰被棄乃極平常事，垃圾站、廁所、菜市場隨處皆是歸宿，感謝上帝，我終不曾落得如此下場。父母本擬將我送給一個膝下無子、資產頗豐的從良婦人，又恐有辱家風，懸崖勒馬，而後便順籐摸瓜地進了三姨家。姨母有一子，乃姨父前妻所出，游手好閒，擅長打架生事，已出一女，意外殘疾，終日無事生非，專以閒話鬥嘴為樂，姨父是江湖藝人，姨母體弱多病，處此環境，脾氣可想而知。數口之家，天天都在重重矛盾之間互相較力生存，而命運更從此注定我日後要挑起一家生計，供養姨母、表姐直至她們壽終。

然而，我始終迷戀生我之家。這迷戀雖曾為一場撕心裂肺的慟哭而一度幻滅，但終究復熾如初，那場慟哭，卻成了童年留給我的銘心之憶。

記得有一天，舅父用摩托車風馳電掣把我載到巴莎拉美，與弟妹們一起玩樂，爭相撿拾滿屋子角落裏滴溜溜轉的紅豆。咪咪突然出現，一口咬定紅豆是她的，凡撿獲者必須物歸原主，我們於是爭吵起來。她免不了舊話重提：「這是我的家，爸爸媽媽是我的，你回自己家去吧，三姨才是你媽？」我聽罷，悲從中來，忍不住嚎啕痛哭。父親不勝騷擾，過來不由分說將我數落一頓，我哭得更兇了。父親再三喝令無效，便把我關進陰暗的廁所，還揚言要召「老加吉」把我帶走，老加吉乃印裔僧侶，黑臉黑鬍，麻布裹身纏頭，只留一雙賊亮的眼睛，幽幽殺出兩道寒光，狀甚恐怖，是唯一鎮我的法寶。本來姐妹間爭吵，份屬尋常，然而咪咪那句老話，卻宛若一把利刃，輕輕一揮便把心靈深處不欲面對的隱痛挑出，加上父親不問事由的斥責，於是我大放悲聲，從天崩地裂的原始混沌直哭到日月無光的世紀末，哭足幾個小時，心煩意亂的大人怎麼會明瞭，一個四歲小孩彼時彼刻的辛酸！不知是哭倦了還是哭昏了，大人見「臨時囚牢」裏沒了動靜，開門喚醒我，我爬起身，二話不說便奪門而出，直奔大街招喚三輪車。此後足有半年不再光臨巴莎拉美。

也許大人永遠不會知道，一個意氣用事的輕率決定，如何影響人的終生——那覆蓋着心壁的厚厚的苔蘚，是無論如何也洗刷不掉的了。與生俱來的流放，鑄就了我的叛逆意識以及雙重性格，一半是漂泊無依失根的萍：「荷葉上的雨珠/ 找不到定點」；一半是：「看我獨臂擎起/ 一座天空」的雄性拚搏精神。

對父親，我已全無怨意。他為人慷慨俠義，重信守諾，又頗愛舞文弄墨，且寫得一手好字。我初習詩時寄給他的稿，他投往印尼日報，居然屢屢見刊，讓他高興得甚麼似的，逢人便說——他自己填了一輩子詞，還沒登過一首呢。如果父親有生之年，能夠看到昔日那個任性的丫頭，如何將瘀血吐成一本書，他會引以為榮嗎？

誰說失落不是另一種擁有？！

一九九四年五月三十日於沙田

【小賞】

頗其思辯和哲理意味的篇名，已蘊含一種引人卒讀的魅力；也告示着每個人的童年，無論是幸福或不幸，都可以從中反思，衍生出另一種力量。語言具備了張力和詩意，作者的許多首詩，都可以從此篇文章中讓人「頓悟」。

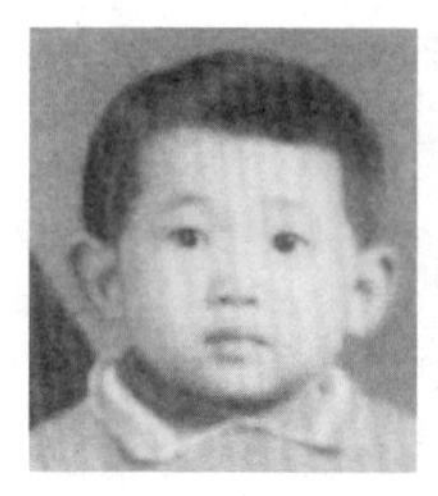

正值香港經濟不景，爸爸工作的建築地盤，常常無法開工，遲遲不發薪。那時，一家八口，每日兩餐，也需拮据張羅。早餐，我們是沒有的，淨飲清水；所以白米飯，在童年的我心中，真是香噴噴極了。

——潘金英

童食

潘金英

「沒有玩具的童年是悲哀的。」有人說。

那麼，沒有食物的童年呢？

若眼睜睜看着人家的小孩子有豐足的食物，自己卻只可嚥口水乾羨慕，那就更悲哀了。

記憶中，我的童年，是沒有甚麼食物的。

我的故鄉在開平縣。父親說由於天災人禍，我家一直貧窮。六十年代，父母親與祖父母，領着我和大哥、明珠舉家遷往澳門。由於經濟困難，媽媽生了小弟後不久，舉家申請移居香港。正值香港經濟不景，爸爸工作的建築地盤，常常無法開工，遲遲不發薪。那時，一家八口，每日兩餐，也需拮据張羅。早餐，我們是沒有的，淨飲清水；所以白米飯，在童年的我心中，真是香噴噴極了。

記得午飯很簡單，祖父母最愛預備熟豬油加豉油，讓我們淘飯。有時也有蒸水蛋或者煮大白菜，我們放學回來，吃得飽飽的就做功課，然後一齊做塑膠花。但晚飯就不同了！豐富得多了！爸媽下班回來，一家八口圍着大圓枱吃飯，總有兩個菜。譬如一大碟芽菜仔，加一大碟魚腸蒸蛋，當然少不了熱豬油加豉油。有時，媽媽放工買了一大袋田螺回來浸水吐沙，第二晚，大家就有炒螺吃了。那是我童年中吃過最難忘、最豐富的晚餐。至於雞和豬肉，通常只有過年的時候才可以吃到。甚麼零食如糖果、山渣片、水泡餅、冰棒、話梅等，我們看見過同學吃，但在我而言，是不可能吃到的。

後來，母親添了么妹，她是喝奶粉長大的。祖母說：「除了大哥——是你媽媽餵人奶外——金英、明珠和光榮，都是我餵糖水大的啊！唉，還不是因為你們母親也要工作幫家麼！」

祖母負責照顧我們的成長，花了不少心思，常感慨我們童年營養不夠，所以長得「奀瘦瘦」，發育得不好。我們五兄弟姊妹，要數么妹比較吃得好一點，但「僧多粥少」，她也是長得瘦瘦的，不長肉。我們並非素食者，但我們一家人，在六十年代卻是吃蔬菜生活的。不少人說懂得接受涼瓜的多是上了年紀的人，在我家卻不對了。幾歲的我，已很欣賞涼瓜了。祖母煮的豆豉炆涼瓜，我們幾個小孩吃得津津有味！無他，獨沾一味餸菜，不吃？那淨吃白飯好了。

我對食物要求簡單，只要果腹，已經滿足。如今九十年代，香港物質豐裕，很多人肆意浪費食物，我仍不敢苟同。有時看到快餐店、酒樓裏人們棄掉的大量食物，總覺難受。又或看見兒女浪費食物，對餸菜挑剔，我總難禁止自己閉嘴。但我的教訓，卻未喚醒兒女的心；兒女錯看媽媽吝嗇，而外頭別人的暴殮天物之行徑、又日復日影響着兒女。唯有效法父親，以「另類食物」去靜靜地向他們的小腦袋「革命」。

父親從不吝嗇為我們提供「精神糧食」。也正因為我在精神糧食得以滿足，更不計較果腹之食物多寡了。雖然爸爸在中山大學畢業，但他學的建築資歷卻不被香港政府承認。他英文程度不高，但卻滿肚子學問。他在地盤工作很辛勞，經常在棚架上爬上爬落，回家已很疲累了，但仍十分關心我們的功課。特別是最愛抽時間向我們講故事片段。三國、水滸、西遊、七俠五義、高爾基、契訶夫……他喜歡講少少，鼓勵我們認識一點一滴，總是說：「有一天你們會有機會讀到的，實在了不起！」

那時我讀五年級，哥哥六年級，妹妹弟弟們也一級跟一級，都是小學生嘛！好奇心強，求知慾大，我們的小腦袋常浮現那些栩栩如生的英雄人物，大家一邊做膠花一邊扮做戲，有時把做完膠花的廢物塑膠桿舖了一地，玩種種的遊戲。生活雖然清苦，但我們有吵有鬧有玩伴，心靈得到宣洩和滿足，全賴足夠的精神糧食！肚子飢餓雖苦，缺乏精神糧食，不能滿足兒童的好奇心和求知慾，才更苦，如是我信。我慶幸自己早在五年級時，已能和妹妹一齊在小書店打書釘，啃滋味難忘的童話小說大餐。童年的我，從蒼白的沒玩意的世界闖進繽紛七彩的書海藍天，如一隻小小的鷹，自由盤旋、快樂的翱翔，感受了許多的樂趣和心靈的洗禮。

冰心說：「童年，是夢中的真，是真中的夢；是回憶中含淚的微笑。」我底童年亦然，雖然挨餓，卻又豐足；仿似幽夢，卻又歷歷在目般真實。現今的兒童，果腹的食物太多了，精神糧食卻在無意間忽視了，是喜是悲？是否該深思一下？

【小賞】民以食為天，從這篇文章又一次得到印證。作者寫童年家中開飯的情景，讀之心酸，催人下淚。從吃不好聯想開去，寫到今日人們對食物的浪費，又從食物談到精神食糧，順貼自然，充滿啟迪性。

我童年時家境清貧，但我未曾感到過有甚麼缺乏，每次收到媽媽自家製的童裝，我便是又喜歡又自豪地穿上。鄉下的阿柳，天天都穿着灰沉的唐裝衫褲，與她相比，我簡直是多采豐盛呢。

——潘明珠

自家製童裝

潘明珠

潘明珠

童年的世界大概沒有甚麼色彩，記憶中看的是黑白電視，僅餘的照片也不過是發黃的黑白照。生活就像其他小孩一樣平淡質樸。但記得最令人興奮的，是收到媽媽親手縫製的童裝。這些自家製的童裝可能款式很簡單，手工也不太精細，但竟給我童年抹上印象深刻的色彩。

我小時候媽媽每天到製衣工廠返工，回家時，偶爾帶來一些布碎，夜裏在燈下剪剪縫縫，第二天我便有新衣着了。記憶中有幾套衫，是我的最愛。

三歲時穿的連身裙，滾着白領圍邊，第一次使原本男仔頭的我，打扮得像個囡囡。爸爸還叫我撐着花格小傘子，一動也不動讓他拍了照片。後來爸爸還把這照片當傑作，寄了給遠在外國的爺爺看。

到底我性格好動，穿得最舒服的要算是那套白底小藍花純棉短衫褲。衫袖夾很寬鬆，左右袖有細褶像對小飛翼。我常穿着它在家和弟弟玩兵捉賊遊戲。因為家裏地方不多，我們互相追捕時，有次我跳上窗台，用手攀着窗花當作在爬窗逃走，小弟一手抓着我的小飛翼衣袖，立時扯破了，使我傷心了好幾天。

冬天時，媽媽做了一條緊身褲給我，用的是當時流行的原子布，很有彈性，褲腳還有腳帶。媽媽說那款式只供出口到美國，香港沒有得賣哩。我最喜歡穿着這條原子褲到附近的海旁玩。有時坐在碼頭旁的欄桿中央，把雙腳伸出去，幻想自己坐在海中搖盪；有時把自己的原子褲當作跳舞衣，做美麗的芭蕾舞夢。吹夠了海風後，才一蹦一跳地走回家。

還有珠的針織布的POLO衫，粉橙色衫身，左襟加了個深橙的袋，上面還繡了小小一個P字。足見媽媽的心思。我穿着這件衫跟着媽媽坐火車到家鄉，一路上雖然舟車勞頓，但衫仍一點不縐，鄉下的小孩都說我時髦，穿得像個小紳士，又問我橙色袋的繡花是甚麼。我便教了他們一些英文字。回香港前，我把這心愛的橙衣送了給束辮子的阿柳，因為她天天來玩，又挑兩大桶井水來讓我們喝。

我童年時家境清貧，但我未曾感到過有甚麼缺乏，每次收到媽媽自家製的童裝，我便是又喜歡又自豪地穿上。鄉下的阿柳，天天都穿着灰沉的唐裝衫褲，與她相比，我簡直是多采豐盛呢。

最近因為工作的關係，埋首研究童裝市場，感到現今的小孩擁有那麼多花樣選擇，童裝也講究時款潮流，實在幸福。但願他們也懂得珍惜所擁有的，讓這些多采的童裝伴他們成長，給童年留下難忘色彩。

【小賞】時代已發展到今非昔比，「自家製」衣服恐怕在今天已成「童話」。但誰說自製的衣服在某種意義上，不是最暖和呢？

祖母說，媽逝世時，我還在熟睡，我不知道媽離世時的痛楚與繫念，太不孝了！……

我知道我已經長大起來了。不過，心中不停的向自己發問：有母親的童年該是一個怎樣幸福的童年呢！

——黃嫣梨

濠畔街

黃嫣梨

濠畔街的樹影披蔭着她兩邊的樓房，寬闊的行人小道也遮蓋得密麻麻的，兩旁種着的有大榕樹、影樹，也有楊柳，無論甚麼時候，兒童總是在她們的庇蔭下玩耍着。跳飛機啦，彈波子啦，戒豆腐啦，抓米袋子啦，甚麼都有。尤其是飯後的黃昏，熱鬧鬧的。那時，入學校讀書的並不多，進幼稚園的更是少見。五、六歲的孩子，房子對開的行人空地就是他們的樂園了。汽車整天也看不到，只有三輪車、腳踏車間中駛過，因為這街不是大道，又是石板舖砌，不是必經，誰管她呢！孩子有時連大街也佔去了。祖母說，早晨與黃昏，我就在母親的懷抱裏和祖母的逗笑中，看着外面的哥哥姊姊們玩耍。

我家是一間寬大古老的樓房，兩層，下面是大廳，擺滿古舊的酸枝家具和盆栽。樓上除了書齋外，大多是房間。露台很寬，我就多和媽在那裏的。天台種滿花木，一盆盆的，一缸缸的，高高的荷花也有。六歲那時我從香港回去，正值夏秋，外公就曾在蓮蓬中給我摘蓮子吃。當我不足一歲時，媽就棄養了。那時，我甚麼也不懂。兩歲多，爸使人把我和祖母接到香港來。到我懂事時，我已經在灣仔洛克道居住了。所有兩歲以前的故事，都是當我六歲回廣州時，外公和祖母告訴我的。他們還說，兒時的家到那時沒有改變。濠畔街依然披着密麻麻的樹蔭，兒童也在玩着。然而，以前在街上嬉耍的，已經上學了，有的已做工去，我對濠畔街祖居的印象是空白的，她對我來說，自然無所謂回憶，即使是回憶，也充其量是憑故事去創造，連媽抱逗我疼愛我的影像都是靠着在我懂事後朝夕拿着的媽媽照片的記憶而創造的。不過，一回到舊居，眼淚就傾盆的泉湧出來了。朦朧中，一個清秀端麗，瓜子臉孔，背後束着雲髮的慈母引惹着孩子的影像出現了，多幸福的孩子啊！

祖母說，媽是患上腸熱病而辭世的。患病時，媽不戒口，病情日深。媽是一個堅強而倔強的女性，是女子師範學院的學生，文辭秀雅，書法朗練。就憑一副堅強倔強的個性，能幹的氣魄，把爸在廣州的業務管理妥當。她甚麼也不怕，病危時，就只怕離開我。媽就是含着淚水，在昏迷中，呼着我的名字而去世的，那時媽才不過二十九歲啊！祖母說，媽逝世時，我還在熟睡，我不知道媽離世時的痛楚與繫念，太不孝了！

初小是在九龍城我家附近的一所私立學校修讀的。爸說：「讀書靠自己，看啊！我讀過甚麼書呢？幾年的私塾不是夠用了麼？」爸的見識很廣，做生意很有幹勁，全靠自己觀察和進修。爸的成就，大抵就是這樣得出來的。爸沒有其他嗜好，他會繪畫、懂書法、吟詩填詞、寫文言文，頂不錯的。只是喜歡飲酒，憶及媽媽時，他總飲個半醉。拿着媽媽給他的信翻個不停，不時對我說：「學學媽媽吧，看！她的文字多優雅呢！」

中二時，陪着我過整個童年的祖母辭世。從那時起，我看不到我的童年了，因為祖母的離去，繼母又忙於照顧弟弟，我知道我已經長大起來了。不過，心中不停的向自己發問：有母親的童年該是一個怎樣幸福的童年呢！

一九九四年六月

【小賞】

文章雖短，但以寥寥幾筆，塑造了母親感人的形象。她的學問、個性、才識均在作者筆下充分披露。對母親的讚頌和懷念，感情深沉真摯動人心弦。全文筆觸清雅優美，佳句疊出。

假如你像我當年一樣，不想上學，先不要「蹺課」，
抖擻一下精神，對自己說：「我甚麼病也沒有。」
——陳德錦

童年雜憶

陳德錦

打針

童年時，不知為甚麼，很怕打針。可是，一年總有一次打防疫針。醫護人員來到校園時，同學都跑到操場，排隊等候打針。那時，我的心像快要從口裏跳出來一樣。排在前面的女生中，忽然傳來了哭聲。有人說那女生的皮膚太厚，護士需要用特別的方法為她注射。同學說，那方法是，「把針管像飛鏢一般刺進她的手臂裏。」

我摸摸自己的手臂，皮膚是否太厚了？

日後，我對打針的懼怕慢慢消失了，也從來沒有看見那種打針方法。或許，對不願打防疫針的孩子來說，那是一種最有效的警告。

小狗進校園

這是一次很冒險的經歷。

那天上學，小狗一直跟隨我。平時，牠跟我走一小段路就回頭，彷彿知道我不會在路上跟牠玩耍。路上多車，牠總能避過，我離牠不遠，一直提示着牠我在旁邊。小狗認得路，我不怕牠走遠，走了一段路，又走另一段路，這裏嗅嗅，那裏尿尿，不知不覺地，校園在望了。

我想：「何不叫小狗進花園玩玩，牠不會隨便撒野的。」

校工剛剛不在，我帶小狗走過幼稚園室，直入花園。在大樹的濃蔭下，在單叢間，在井欄，在鞦韆架旁，牠像發現了新天地，歡蹦亂跳。

可是，第一課的鐘聲響起來，怎麼好呢？追逐了一會，好不容易才在一個牆腳抓住牠，用身體掩蔽着，把牠帶出校園。

第二天，牠開始愛上學了。我嚴斥了牠一番，牠才不跟我。

我會不會受到更嚴厲的處罰呢，假如我的行動被揭發？很冒險的一次經歷！

逃學

我頗喜歡校園，沒有正式逃學的紀錄。不過，逃學的心，卻是有的。在小四級開學前夕，不知怎的，我忽然害怕上學。我想找一個沒人的地方躲起來，就連爸爸、媽媽、小狗都不願見。

「我病了！」我佯病，央求家人為我請假，並且成功了。我明知這樣會影響我的成績，以及老師對我一向的良好印象。試想開學日是怎樣的一個大日子，同學們都穿着潔白的校服，老師娓娓動聽地講第一篇文章。

其實，心裏還是很想快快上學的，但奇怪的是，腿子總不想伸直，從牀上走下來。這不知算不算是逃學呢？今天我們把逃學叫成

「蹺課」，「蹺」有「抬腳」、「跨過去」的意思。但是，我連動也不想動，有人說我患的是一種「憂鬱症」。

假如你像我當年一樣，不想上學，先不要「蹺課」，抖擻一下精神，對自己說：「我甚麼病也沒有。」

足球比賽

一九七〇年，即二十四年前的暑假，正是「世界盃」進行的時間，我也有一場難忘的足球比賽。

因為要到香港升讀中學，我要離開生長的土地，當然要離開那隨我一起成長的校園，以及一羣有多年交情，同時亦要離校的同學了。

我想起在校園小球場踢球的日子。就在放暑假前兩三天，我們打算踢一場足球，幾個人約好了，可是臨時沒有皮球。

本來大家可以各出一份子錢，買一個皮球的。但是，最後一場在校園的球賽，大家心裏都想，有這個必要嗎？

還未開始「熱身」，心已經冷了半截。見大家心情不好，我自告奮勇，就連跑帶跳的，到文具店買了一個皮球。代價是許多天的零用錢。

返回學校時，只剩下四人。三對二，勉強開始了這場球賽。我踢得很落力，隊友卻有點洩氣，後來又有兩個說要回家。

這是一場難忘的球賽，不是因為那激烈的程度，而是它常常提醒我：世上是沒有「一人球賽」的。

【小賞】

四個片斷，猶如一組凝鏡。《打針》的稚真，《小狗進校園》的怪趣，《逃學》的自省，《足球比賽》的哲理，都雋永好讀。日記式的寫法因以文學筆觸出之而經久耐讀。

雖然，那白雪紛飛的世界常在我夢中出現，那垂着冰條的屋頂曾有我的足跡，但是，如果讓我再往深處回憶，我只會留下苦澀的淚水。因為，我的童年並不快樂。

——吳　越

軍帽故事

吳　越

我從來不願提起童年。

雖然，那白雪紛飛的世界常在我夢中出現，那垂着冰條的屋頂曾有我的足跡，但是，如果讓我再往深處回憶，我只會留下苦澀的淚水。因為，我的童年並不快樂。

那是二十多年前的事了，我去了新疆上學，由於學習成績每每在全年段中都名列前茅，老師對我格外疼愛亦是不難想像的事。

除上正常的學習功課外，我從九歲開始便讀一些中外名著，雖是一知半解，但卻也從中受到感染。

當時，最愛看的書是《三國演義》和《水滸傳》，我常幻想自己可以成為關羽、武松式的英雄，每每看到他們的「江湖義氣」，我都暗自對自己說：「世上如有知己，我也會為他兩肋插刀，死而無憾！」我並不知道，那些綠林好漢雖是講義氣，但「義氣」卻有一個條件，就是自己的所作所為，應當是正義的，絕不能幹那些「偷雞摸狗」的事。

正是這樣，我做了一件令我一生為之遺憾的事。

「文革」時期的青年人，大多以擁有一頂「軍帽」為榮。那天，我放學回家的路上，與我最要好的吳琛對我說：「我想要一頂軍帽，你可以幫我搞到。」

「我哪有辦法？」我說。

「老李家門口掛了一頂洗過晾風乾的，你去拿，我把風。」

「你拿，我把風！」我猶豫地說。

「我不夠高，你才拿得到。你我好朋友一場，這麼容易的事都不幫我？」

我終於壯着膽子去「偷」那頂軍帽。當我躡手躡腳地拿下那頂帽子時，門開了。

於是，老李抓住我的手回到學校。

「你學習功課好，又是『紅衛兵』，為甚麼幹這樣的事。你知道，學校和老師們對你寄予多大的希望嗎？你令我太失望了。」張老師眼中帶着淚地說。

我意識到自己做錯了，哭着說：「張老師，我知道錯了，他們說要開除我的『紅衛兵』資格，校長又說要開除我的校籍……不要啊。不要啊，我會改錯的。」我央求着張老師。

「我知道你自己是不會幹這種事的？」張老師顯然在找尋為我開脫罪名的理由，我點了點頭。

「是誰叫你的？」

「不能說！」我想起那些綠林好漢，頭腦中對自己說：「我不能出賣朋友！」於是我說：「我要對得起朋友，我不能說！」

張老師嘆了口氣說：「這樣我便不能幫你了，你的問題讓學校處理吧！」她哭了，哭得很傷心，好像在看着我去死那樣的傷心。

我想起那些站在卡車上的死囚，被五花大綁地送上刑場前的情景……

我急忙去找吳琛，告訴他：「我會被學校開除的，求你幫幫我吧。」

「你出賣我？」吳琛驚恐地問道。

「不，我沒有，只有你說出是你叫我幹的，我就不會被開除了。我媽媽就不會趕我出家門了。」

「你這是在讓我去送死！沒義氣！」

後來，我才知道，吳琛不止沒有去學校招認此事，並對校長說，是我冤枉他，推卸責任。而我就在這一天下午，由一位「三好生」，品學兼優的班長、學習委員，校「紅衛兵委員會」常委，變為一個撤除一切職務，開除「紅衛兵」資格，備受同學痛罵之「小偷」、「留校查看」的壞學生。回到家，媽媽的責罵更令我覺得人是不能走錯路的。「一失足成千古恨」這句話，我是深深體會到了。我亦感到世界是如此的冷漠缺乏一絲的溫暖，世界上根本沒有好壞之分。

我走上結了冰的屋頂，一步一步地向前走，走向空氣中，走向深淵……

雖然，我被救了，沒有死去，但是，那痛苦的往事，卻讓我念念不忘，我不敢去回憶那段不快樂、不光彩、令我心痛的時光。

每當有人在訴說童年，又問我的童年，我都說：「我不想提起我的童年！」——這次是例外。

【小賞】小時的一次偶然錯誤，令作者刻骨銘心；二十餘年前的舊事，像電影那樣掠過腦海。如今寫了出來，是一次解脫。它啟示讀者：人不怕犯錯，最怕的知錯不改。

你不相信，他有無比堅強的信念，大概是一生貧窮所恩賜，生活把他磨成鐵磨成鋼，而且固執堅持自己的信念。

——李華川

李華川

一張童年照片

李華川

現在，已不再年輕，時正中年，要寫自傳，還早，寫童年事，可以的，就從一張童年照片開始吧……

你不相信，他有無比堅強的信念，大概是一生貧窮所恩賜，生活把他磨成鐵磨成鋼，而且固執堅持自己的信念。

你不相信，他現在是一位詩人，只有中學程度，因家貧未能上大學；而又對文學和繪畫有濃厚興趣，文學從自修開始，創作生涯已是二十三年了。

你不相信，貧窮竟是一塊磨刀石，他是一把鋼刀，於是，磨刀石永遠伴着鋼刀，日子越久，鋼刀越銳利。

當他凝視着這唯一一張發黃的童年照片，思潮起伏；大概是六歲七歲吧？已記不清楚，總之，那時很窮。照片是在廣州海珠橋前的廣場拍的，附近是華僑大廈。「一家四口拍一張合家歡吧。」一位頸項掛着照相機的男人向父親説。記憶中，當時實在很窮，父親在工廠工作，母親多病，也要在街邊賣小吃來幫補家計，收入微薄；他和妹妹都未到入學年齡，雖知家窮，仍終日在街上玩耍，有時幫助母親做家務，雙親終日勞碌，那有時間和餘錢拍照呢？

當他凝視着這唯一一張發黃的童年照片，想着，這應該是一張合家歡吧？拍這張照片時，大概是在一九六○年之前了，當時來説，拍照是一件很奢侈的事。「拍一張全家福留念吧。」那位頸項掛着照相機的男人再向父親説。合家歡也好，全家福也好，也好，父親終於答允，一家之主作主，母親無話可説。

父親是一位大男人主義的人，在他心目中，父親是一位嚴父，他很少看見父親的笑容；直至五年前父親去逝之前，他很少看見父親的笑容。母親體弱多病，父親對母親十分關懷。這是他在童年一點點印象，後來父親來了香港，寫信要母親申請來香港醫病，等了幾年，申請獲批准了，他和妹妹也獲批准了，初到香港是在一九六二年。在香港仍然很窮；父親當建築工人維持家計，他和妹妹先後入讀小學了。母親的病一直沒有好，入過醫院不知多少次了。家境困難，中學他便中途輟學，出外工作幫補家計，並開始發展他的興趣——繪畫和文學，入讀美專時是一九七○年，同年開始文學創作。一九九二年母親因病去世。雙親先後去逝，他和妹妹都顯得很堅強，堅強！可能是貧窮所賜吧？妹妹已經有一個好家庭；而他，依然與貧窮為友，並自稱是一個「知足者，貧亦樂」、「淡泊名利，安於天命」、「一生窮愁，以詩度日」的人。也許，是貧窮造就了他的堅強，造就了他的信念，造就了他的個性吧。

當他凝視着這唯一一張發黃的童年照片；父親和母親站在他和妹妹後面，妹妹站在他的左面，大家望着一部安在三腳架上的箱形照相機的鏡頭，那位攝影師把頭埋在一塊黑布裏面，手拿着一條按鈕繩，喊着：「一、二、三、笑！」咔嚓一聲，已拍照了。然而，人家都沒有笑，這張照片一直由母親保存，後來由我保存了它。照片面積只有一吋半乘兩吋，是非常細小的黑白全身家庭照片；照片看不到背後廣場有多大，只見一些草叢而已。他在照片裏挺起胸膛站得直直的，雙手垂直、仰首，一副充滿希望和信心的樣子。事實，現在的他，仍然保持着童年時這副樣子。

當他凝視着這唯一一張發黃的童年照片，沉思、回憶，大概這就是童年一些片段了。

現在，已不再年輕，時止中年，要寫自傳，還早，寫童年事吧，那麼，就寫手頭上一張童年照片吧。

一九九四年四月香港之春

【小賞】

童年往事千頭萬緒、無從寫起時，用一張照片引出思路，不失為一種好寫法。最令人難忘的是全文渾發出一種對生活的堅強信念和高度樂觀的情緒，讀之令人感到鼓舞。

「生活把他磨成鐵磨成鋼」乃警句中之警句。

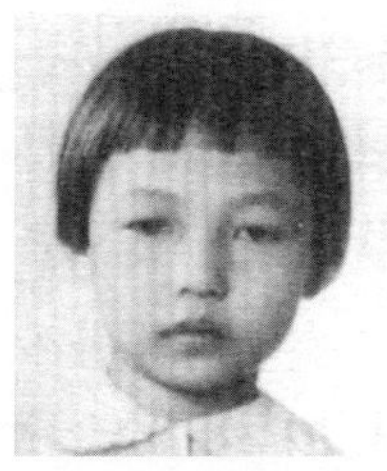 

我的童年像一杯奶茶，清香，滑潤，但並不醇厚，因為是由普通茶包泡出來的。

我這杯奶茶應該是奶味較重的。

——夢　子

一杯奶茶

夢　子

我的童年像一杯奶茶，清香，滑潤，但並不醇厚，因為是由普通茶包泡出來的。

一個人的童年，如果像老茶砌出來的一杯濃茶，苦澀苦澀的，或者如純種乳牛擠出來的一杯鮮奶，香甜香甜的，那麼，這兩種童年都是刻骨銘心的，回憶起來特別的有分量；惟獨由茶和奶混成的童年沒有甚麼好驕傲，而且，不茶不奶的倒有些尷尬。

無憂的童年在我的記憶中已經朦朦朧朧，只有一些小可小愛、小奸小壞的片段，每回憶及。總要依靠母親的補白才能有完整的情節。……那時候我們剛遷居到L國，父親經營百貨業。他正是白手創業時，由一位教書先生變成每天踩着三輪車送貨的人，送汽水、啤酒、香煙、冰塊……很是忙碌。然而，父親若是早歸家的話，晚飯後他喜歡把全家人安置在三輪車上，一直朝郊野踩去。母親說，那時候的月亮真是又圓又大，銀光閃閃，把郊野照得無限靜謐，無限動人。遊三輪車河，是童年裏的樂事之一。

在我出生的時候，人生苦茶由父母默默的分飲了，偶爾有一兩滴進我的嘴中，我也嘗不出它的苦澀。後來家境漸漸好轉，在我較懂事起，我就可以用奶混茶喝了；就這樣平平淡淡，無怨無愁地喝掉一程童年。

我的童年雖然不是一幅飛揚的、色彩斑斕的圖畫，卻是一幅有着溫和的陽光、淡淡藍色的天空和慢慢飄過的小朵白雲的圖畫，色彩淡雅素樸，卻很有生活氣息。我在南洋長大，享盡與大自然相融的生活。我們捉蚱蜢、爬樹、玩風箏、游河水、吃野果……過着現代都市的孩子沒機會過的日子。

學游泳、踩單車，是我頗得意的童年紀錄。那年頭學游泳，給扔進水池裏亂扑幾下、腳亂蹬，很快就可以游兩下子了；學踩單車也一樣，個子未及車高呢，便一腳高一腳低地攀上車座，一下子就撞到鐵絲籬笆上，割破皮膚，但不怕，再蹬上車去就會踩了。而現代都市的孩子，學了整整一個暑期的游泳班，還是只懂狗爬式；到踩單車專區去，後頭還有人幫助扶車呢，神情自然是恐慌的。

除此，我還有一項最驕傲的童年記錄：父母從來沒有動過我一根毫毛。我的上頭有兩個哥哥，我成了父母的掌上明珠。其實，論聰穎，大哥比我聰穎，論老實，二哥比我老實，論狡黠，我才比他們出色。倒不是我的狡黠才躲過挨打，主要是父母都很開明，不作體罰，總是孩子太調皮了，令父親怒極才會動手教訓。而父親從來也沒這樣教訓過我，即使我是真正的幕後黑手，挨打的還是哥哥。父親有時候是錯愛了我了。

不過，我是很講義氣的，尤其對待二哥，不時拔錢相助——

錢，當然是父母的，只是我懂得拔錢之道。我偶然的發現家裏的「錢箱」放在甚麼地方，而且輕而易舉可以拿到手，因為，那只是一個普通的餅乾鐵盒，放在沒有鎖頭的玻璃櫥裏。我的二哥喜歡買書，是些系列性的漫畫，買了一本，又有續集，總也買不完。手緊的時候他會要求我「資助」，我也答應。二哥沒有問過我錢的來源，他大概以為我很會籌零用錢哩。

有需要時便向「錢箱」伸手，但我不會有作賊的感覺，一來錢用在正途上，買書嘛。二來鐵盒上未設防盜設備，明擺是可以拿的。二哥的書越來越多，卻沒人發現「錢箱」的錢有甚麼問題，也許是我的狡黠得逞之故；我是不亂拿錢的，除了書錢，只順手牽羊多拿幾元，可以買兩串炸牛肉丸就夠了。長大後我把這事告知母親，她淡淡地應着：「是嗎。」父母從來就沒有要防「家賊」的意思，他們相信自己的孩子有自律能力。這讓我覺得父母甚英明，由於他們的「不設防」，我對錢沒有貪念。

許多人的童年大抵都是一杯奶茶，只是有的茶的濃度大，有的奶的分量多，而已。我這杯奶茶應該是奶味較重的。

【小賞】

以奶茶喻童年的甜苦，又以奶茶中的奶和茶的成分喻這種甜苦的比重，誠為作者別出心裁的創造。文章有清新好比喻，全文頓然生色。文字平樸自然，女童的勇敢膽色、頑皮不羈通過幾樁事例而躍然紙上。

彼此，我懂得了甚麼是孤獨、寂寞以及被人嘲諷、欺侮的滋味；不過，也懂得了甚麼是自尊與自強，以及懂得了對弱者的同情與憐憫。

——蔡益懷

散去的宴席

蔡益懷

那是一個週末，家裏高朋滿座，歡聲陣陣。

我和弟弟最喜歡家裏的這種熱鬧的氣氛，所以，在這種時候總是顯得特別的興奮與頑皮。那時候，大人們見到我們，都會說：這三個孩子既聰明又活潑，將來一定成大器。父親總是說：「都很野，常在外邊打架。」客人們卻總是附和着說：小孩子都這樣，不打打鬧鬧，相反不正常。

聽大人們這樣說，我們總是顯得格外的驕縱。

那年頭，父親是革委會主任，在那座小城裏頗有些人緣。所以，家裏整天都有人造訪。父親好酒，又好美食，常常邀上三五酒肉知己，在家中大快朵頤。酒酣耳熱之際，父親常令我和弟弟背上幾首唐詩。我們的咏誦總會博得滿堂的讚嘆。父親的臉上風光，我們也得意。

這一天，桌上又擺滿了大碟小碟的佳餚，幾個常客也都陸續到來。因為我母親還沒下班，客人們都堅持要等她回來才上桌。客人們都像尊重我父親一樣，尊重我母親以及我們三弟兄。從他們的神態和言語中，我們都感覺得到那一種微妙的關係。其實，不只是那些大腹便便的人對我們一家人很客氣，就是在同學中間，我也能感覺到自己有受人尊嚴的身分。這種自我意識更給了我一種高高在上的滿足感，而那種滿足感更助長了我的驕橫。於是，欺凌同學、隨意毀壞公物……便成了一種必然。我很喜歡打架與破壞所帶來的那種感覺。

就在父親與客人們高談闊論的時候，又來三兩個人。我認識他們，他們都是公安局的人，與父親很熟絡。父親邀他們一起吃飯，他們卻說要請父親到公安局去一趟。

在我們眼裏，公安局是個很神秘的地方，所以，我和弟弟也吵着要跟父親一起去。在那年頭，很多地方都為我們大開方便之門。而我們分享父親的威儀，似乎也是天經地義的。

在路上，兩個穿便服的公安人員異常的沉默。父親似乎感覺到甚麼，將我打發回去。

回到家裏，母親一看見我，便焦急地問：「你爸呢？」

「到公安局去了，兩個叔叔陪着他去的。」

母親的臉色倏然變白，放在我肩上的手也顫抖起來。客人們發現勢頭不對，也都紛紛告辭了。

不一會，弟弟回到家裏，說：「爸爸叫帶一些洗刷用具去。」

母親慌張地說：「這下完了。」說完，拉着我們的手直奔公安局。

我們又看見那兩個公安人員，卻沒有再看見我父親。他們說，他已被拘捕。

母親又踉踉蹌蹌地將我們拉回家去。

客聽裏仍擺着滿桌子的佳餚，不過都涼了，屋裏顯得格外的空盪與冷清。

母親含淚叫我們吃一些東西。我和兩個弟弟無聲地吃完了那頓晚飯。在我的記憶中，那是最難咽的一頓晚餐。

夜晚，又來了一羣公安人員。這些人都是來抄家的。經過兩三個小時的折騰，家裏全亂了套，抽屜、廂匣都統統見了底，甚至連地板也被撬開了。後來，他們查封了幾大箱書，一個壁櫃也被交叉封上了封條。一些文件則被帶走了。

那個晚上，我久久不能入眠，母親則一夜哭泣。

從那以後，我們家再也沒有朋友登門，就連那些一向對我們一家尊重有加的人，也都似乎不認識我們了。對於我們來說，小城裏的人一夜間都變成了陌生人。而我也一下子成了眾人眼中的壞種。

從此，我懂得了甚麼是孤獨、寂寞以及被人嘲諷、欺侮的滋味；不過，也懂得了甚麼是自尊與自強，以及懂得了對弱者的同情與憐憫。

【小賞】

作者的小說以氛圍取勝，本文保持了這一特點。宴席未終，中途散去，氣氛凝重，緊緊抓住讀者情緒。人緣因莫須有罪名而從熱點跌至冰谷，正反映出特殊年代可怕的事實。「小城裏的人一夜間都變成了陌生人」一語可圈可點，有血有淚！

我在城中出生長大，這還是第一次回鄉，一切景物都是新鮮有趣，純樸的綠野田園很快吸引了我。……車站惜別時，我竟有些依依不捨，短短一個月的田園生活，卻留下我無數稚年的回憶。

——吳佩芳

踏着草浪而來

吳佩芳

吳佩芳

那年暑假，父親要到外地公幹個多月，母親也藉此空檔帶我回鄉探望婆婆。

清晨醒來，媽媽早已收拾行裝，拿着一隻大而脹滿的旅行袋，牽着我急往火車站跑去。還記得站內那擠擁的人羣，喧聲罵語，令我極度厭惡，險些兒窒息！

隆隆的火車聲後，捱過顛簸的的公共汽車路程，抵達家鄉村屋時已是日落黃昏，我筋疲力倦，也不理會婆婆的叮嚀問好，只管倒在母親懷裏睡着了。

當村雞喚醒晨夢的時候，我睜開惺忪的眼，四周一片朦朧陌生，遂驚叫起來。

「傻孩子，這是外婆家，天還未亮，多睡一會吧！」母親在身旁柔聲説着。

我在城中出生長大，這還是第一次回鄉，一切景物都是新鮮有趣，純樸的綠野田園很快吸引了我。外祖母和藹慈祥，惟恐我不習慣鄉間生活，時常烹調一些美味食品，又帶着我到處逛逛。

屋旁另有豬圈、牛欄、雞棚。肥豬仔吃飽後趴在母豬身旁貪睡着；日間牛兒卻要扶犁到田間工作，而母雞剛下了蛋，在後園裏爽朗地叫着。我捧着兩隻新鮮雞蛋，興奮地跳着回家。

大人們要到田間工作，我也嚷着要去看看他們播種的植物。經過一畦畦青綠的菜田，在橙黃的油菜花上，一羣蜜蜂正忙碌地在花朵上飛來飛去，努力不懈地採花蜜，嗡嗡之聲不絕於耳。碗豆苗繞着一些竹棚蔓生着，開了紫色的小花，三兩隻蝴蝶在花蕊間翩翩起舞，輕揚無限情景。

晚飯時，望着粗糙的麥米，我有些嚥不下去，母親卻教我應該珍惜五穀，明白農夫的辛勞。

清晨，我又跟着舅舅們到麥田去。涼風吹來，那青青麥苗在風裏翻浪，煞是奇觀！大舅還説若是在秋天收割時，陣風吹過，田野一片金黃的麥浪，更是美麗。而且，割麥子總在大清早，太陽未升起，當麥穗還掛着朝露的時候。難怪農村生活是早睡早起身體好了！

一星期過去後，我與年紀相若的表兄弟熟絡了，便跟着他們四處玩耍。山村下是一道河，蝦子、魚兒、小螃蟹一齊鬧個不休，正是捕魚摸蝦捉蟹的好地方。我跟着他們興奮地涉水玩樂，誰知一不小心，踏在水底的青苔石上，失卻重心，滑倒在水中。表兄弟們頓時手足無措，驚呼救命！卻無力氣扶我起來，因為河水也有湍急的漩渦。我不懂泳術，快沉下去的時候，忽然，一隻強有力的手將我抱起，但驚慌過度，加上滿肚子河水，我又昏了過去。

醒來時，身旁站了一大羣人，媽媽緊抱着我，眼中含着淚珠，婆婆更是驚惶未定，表兄弟們像是待罪羔羊，眼圈紅紅地站在一旁，想是給外婆罵了一頓吧！原來救我者是鄰家的叔叔，真要謝謝這位大叔救命之恩呢！

接着，外婆用香茅草煲水給我沖洗，又炒生薑飯給我吃，説是能驅風定驚。尚幸我很快恢復健康，又再跳躍自如。但大人們只准我在田間撲蝶、捉蜻蜓，卻不准再到小河淌水。

時間輕輕悄悄地從身畔溜走，假期結束，又要返回城中家裏，預備新的學年開始。車站惜別時，我竟有些依依不捨，短短一個月的田園生活，卻留下我無數稚年的回憶！

【小賞】

以抒情的語言，一件件事物和一組組風景，展舒了一幅小小的鄉村風情圖卷，讀來輕快如沐風。長期生活在繁華城市，對大自然自有一種母女般深情，感受細膩，有感染力。

我領着男友參觀這小屋子，每張照片，每件物件都有它背後的故事，或許只是平淡如水的事，但我卻說得津津有味，因為那是我懷念的地方。

——君　比

君比

夢迴舊時居

君　比

馬頭圍道一個五百呎的小單位，擠了大大小小十三個人，爸媽、婆婆、公公和我之外，還有七個阿姨、舅父及一個叔叔。晚上六時開始，電視機、唱機輪流播放，披頭四、周璇的歌曲聽得你耳熟能詳。人聲、狗吠聲、電話聲在屋裏此起彼落，喧鬧一片。

吃飯時更是「大陣仗」，晚晚都大擺筵席似的，飯菜熱湯舖滿一桌。婆婆大呼一聲：「吃飯啦！」眾人一湧而上，筷子湯匙往餸菜裏穿來插去，手快有，手慢「冇」。轉眼間，桌上便餘下一堆空碟。手慢的，飯仍未吃盡，只有望「碟」興嘆。

我永遠是最早上飯桌，最遲下來的一個，但我不用「爭食」因為我的一份飯菜是婆婆預先給我留着的，我有特權對着電視慢慢享受我的晚飯。

我的親人眾多，而小時的我，重女輕男，只懂分辨眾阿姨，但舅父們的次序則時常弄錯。最多古怪主意的七舅父便叫我稱他為「阿苦」（因為他笑起來仍一臉愁苦），稱大舅父為「阿甜」（他笑容甜美），稱四舅父為「阿舅」。這樣，一叫便叫了許多年，後來為表示我已能分清楚他們的次序，才叫回他們大、四、七舅父。

我的舅父、阿姨都很好玩。他們會冒着寒冷的晚風在天台開「阿高高」舞會，下大雨時跑到海灘游水，掛起風球仍竄出去戲院看戲，就算回到家裏給公公婆婆倒吊起來打也無所畏懼。

家裏「常滿」的唱機聲、電視機聲偶會吵得我不能專心做功課。一次，我實在忍無可忍，竟學人發起脾氣來，奮力把鉛筆擲到牆上，二話不說衝前關掉電視機。圍坐在機旁的阿姨舅父羣起怒斥我，我理直氣壯地自辯起來。結果當然是我勝利。自此以後，每當我做功課之時，屋裏的人聲、機聲自會調校至一個不騷擾到我的程度。

我的童年亦是痛苦的。

儘管出世時是個八磅半的巨嬰，一染上病後便瘦骨嶙峋。相士預言我要過「百虎關」，媽媽謂真的沒錯。我體弱多病，兩歲就患上哮喘，家人的苦難期亦從此開始。

還記得那些晚上，我哮喘發作，呼吸極之困難。爸爸、媽媽及婆婆徹夜無眠，通宵輪流替我掃背，直至我呼吸暢順，沉沉睡去。就算那晚我能安穩入睡，爸媽還是會擔心我一睡不醒，常在夜裏醒來探探我的呼吸是否正常。那時期，爸媽都是瘦削的，尤其是媽媽，瘦得連婚戒也會從手指上滑走。都是因為我的緣故。

因病的關係，我經常都留在家中。最大的娛樂，便是聽公公說故事。他會把我抱在膝上，然後燃起一根煙，邊吸着邊把故事生動傳神的講述出來。北風伯伯發怒時呼嘯一聲，弄得地上雞飛狗走，混亂一片。他扮着各種動物慌張走避時的聲音，至今我仍記憶猶新。

他的動作生鬼，表情豐富，美人魚的淒美動人，小圓圓的佻皮可愛，在他演繹下都活靈活現。動物、昆蟲甚至死物都變得有人的個性、特質。

公公當我的「御用講古人」當了幾年，直到我八歲時和爸爸媽媽搬往尖沙咀居住為止。

我們的新居比舊居大，我更有自己的房間，可清靜地做功課。然而，我常思念着要回去。爸爸卻老不願意讓我返舊居，我以為是因為他與公公婆婆不和，但又不敢問原因。這疑團一直纏繞在我心裏，直至數年前公公逝世，媽媽才把真相告訴我。

自我搬離舊居以後，我的哮喘病不藥而癒。其實，導致我咳的是公公的煙，唯一能令我痊癒的方法就是遠離他。媽媽說，早知公公的煙會影響我的健康，我們便不會與他同住。

倘若真能讓我選擇的話，我還是會選擇馬頭圍道的家。我眷戀那份熱鬧與溫馨，屋裏每寸空間彷彿都散佈着親切的氣味。我尤其捨不得公公。只有他，為哄我吃藥、替我解悶，可以把同一個故事說上十多遍仍不覺厭倦。那份愛與耐性是無可倫比的。遺憾的是，他和婆婆有一大心願未償，便已離開人世。那便是——看我出嫁。

最近，我把男友帶回馬頭圍道舊居。我的阿姨、舅父已散佈世界各地，現只有二舅父和五姨留守那兒。

走廊盡頭掛着公公婆婆各一張肖像畫。一踏進大門，兩老便笑容可掬地歡迎我們。我領着男友參觀這小屋子，每張照片，每件物件都有它背後的故事，或許只是平淡如水的事，但我卻說得津津有味，因為那是我懷念的地方。

數天後，我做了個夢，夢中我又回到舊居，公公婆婆弄了滿桌的菜，給我和男友品嘗。我告訴男友此事，他問：「他倆對我可好嗎？」我笑而不答。

夢中的情景非常清晰，他倆一直笑得合不攏嘴，笑裏流露着滿足和快慰。

他們已知道，一直未圓的心願，快可償得。

【小賞】

文字佻皮活潑、生動可喜，生活氣息迎面撲來。寫到童年身體幼弱，我見猶憐；而全家人呵護備至，又叫人艷羨不已。將新居舊居比較，別有深意。末尾透露佳期已近，難怪人逢喜事精神爽，一種甜蜜滋味情不自禁而流露出來。

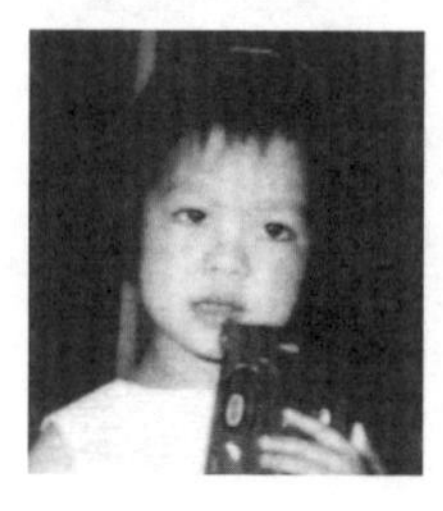

我的心底卻仍牢記阿姨們少年時的神情音韻，懷緬大家共處時的歡樂片段。我們彼此都是長不大的玩伴，但願時間不會拉遠我們的距離。

——許穎娟

玩　伴

許穎娟

許穎娟

我的童年剪影迤邐在紅磡近海一帶的樓房，那時，我們一家五口棲宿在一幢樓宇的八樓，外婆一家的帳帷則張羅在七樓。

佻皮的我常常蹦蹦跳跳於七八樓之間，把外婆的家視作第二個窩。因此，童心未泯，少年依舊的阿姨舅父，便成為我的知心玩伴。

三位阿姨，三張類型不同的面孔。年紀最大的璋姨，黝黑的膚色，襯上一雙神采飛揚的大眼睛，長睫毛眨啊眨的，煥發一股動人的風韻。璋姨心靈手巧，最愛撥動滑溜溜的織針，用毛冷勾編成逗惹蜂蝶的七彩圖案；穿上她為我織的那件彩藍外套，一陣藹藹暖意，襲上心頭。

美姨白皙細緻，玲瓏嬌媚，做事總是慢條斯理，弄得別人替她乾着急；美姨説話時也輕聲細語，似花瓣落地般溫柔軟綿。美姨最儉樸自守，鉛筆用賸丁點筆芯，也教我不要輕易丟棄，一副嫻淑賢慧，沉實穩當。

年紀最小的屏姨，修長均勻，狡黠的眼睛流轉出許多鬼主意。她最善於説故事，一個本來平板普通的故事，卻能被她説得趣味盎然，生動具體。她也愛涉獵各類文藝書籍，對人情世態有一種敏鋭的洞察。

舅父是外婆的寵兒，濃重的劍眉，厚厚的嘴唇笑時展現一股憨態，惟有他一個能揹起書包上中學。舅父活潑聰睿，對各學科知識，自有一種熱切的求知慾，令他孜孜不倦地向學上進。

外婆的家細小狹窄，傢俬迫得攢在一起，可是我卻喜歡往裏鑽，特別是那一把斜斜挨在牆上的梯子，它通往密不透風的閣樓。閣樓是三位阿姨的閨房，我常常躺在上面，夾在她們當中竊竊細語，彼此交換一個又一個的秘密。

由於經濟拮据，三位阿姨小學未畢業，便須輟學到工廠，當剪線車衣或裝配加工的工作，幫補家計。她們的學歷雖低，卻教曉我不少學問和道理，令我在成長中受惠無窮。

璋姨常常管束我的學業成績，每當測驗及考試前夕，她都會板起她俏麗的臉，模倣小教師的模樣，陪我溫習背唸。她教我加減乘除，教我計雞鴨同籠的算術題，我不懂，她也總不會罵我，而是耐心地舉例子來開導我，使我明白。

美姨待人和善有禮，做事有條不紊，從她溫婉敦厚的言行裏，我領略到處世待人應有的謙虛和誠懇。美姨也很愛清潔和衛生，不時留意我的衣服鞋襪，有否沾污破爛，頭髮指甲，是否整齊乾淨。

屏姨教我下各類的棋，也屢屢以各種智力問題測試我的智慧，令我發掘到思考的樂趣。她文化程度雖低，卻愛閱讀中外名著，如

《紅樓夢》、《雙城記》和《飄》等文學經典，她都愛不釋手，我自小培養起閱讀的興趣，受屏姨的影響至為深遠。

看電視是我們的歡愉時間，那時電視剛開始普遍，各種綜合節目，廣告影片，直像花蜜般黏着我們這些蜜蜂，令我戀戀不忍回睡窩裏去。到流行起電唱機時，我們又共同欣賞姚蘇蓉、青山的唱腔，體味鄧麗君清脆宛轉的「鳳陽花鼓」及「女兒圈」。

每當父母發生齟齬，三位阿姨就會做和事佬，令父母矛盾消解，言歸於好。她們之間卻鮮有勃谿，總能團結一致，上下一心。

一到喜慶節日，阿姨們總打扮得亮亮麗麗，璋姨膚色較黑，愛穿淺色輕爽的衣服；美姨身型嬌小，喜披質地幼細的裙子；屏姨身材修長，短裙短褲便最表現出她的活潑俏巧。三人聯袂而行，眩目得像三朵綻開的鮮花，矮小的我夾在其中，被她們摟摟親親，好不榮幸欣喜。

歲月流逝，轉眼間三位阿姨已蛻變為成熟的婦人，各自尋獲理想的歸宿，三位姨丈都勤奮沉實，盡責善良，而她們的兒女也拉扯成羣，喧喧嚷嚷的好不熱鬧。

我的心底卻仍牢記她們少年時的神情音韻，緬懷大家共處時的歡樂片段。我們彼此都是長不大的玩伴，但願時間不會拉遠我們的距離。

【小賞】

童年玩伴竟是年長於我的三位阿姨，選材已是不凡。作者細心刻劃她們所用的語言值得注意。典雅優美，頗有古典文學的韻味。文字造就的魅力引發讀者欲親睹其人風采的欲望，可謂文章的一大成功之處。

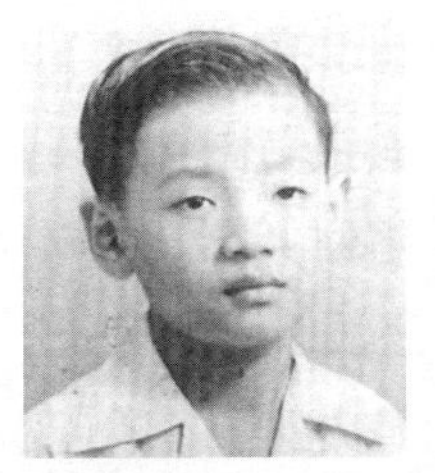

告別兒時的河流，我正當七歲。再見她已是三十年後的事了。尋尋覓覓，一切已不留痕；唯有童年的馬哈甘河依舊，悠悠低吟無言的童年之歌。

——東　瑞

兒時的河流

東瑞

童年是寂寞的，恰似哺育我長大的寂寞的馬哈甘河。我的童年，就在河畔的小城三馬林達度過。記憶中，小城裏沒有汽車通行，也看不到報紙，外面世界的消息十分閉塞。這兒只有三輪車和自行車。

馬哈甘河發源自上游的原始森林。據老人家說，日本人的鐵蹄蹂躪加里曼丹島時，我們就舉家逃難到原始森林裏。我就在日本投降那年出生，母親將我放入懸掛在橫樑而垂下的沙籠「搖籃」裏搖晃，因為出生後我的哭聲洪亮，小名便被叫着「炸彈」；也因戰亂流離年代，我的哭聲很煩人，父親一氣怒斬沙籠。在飄泊不安的年代，母親接連生下我們幾個兄弟姐妹，缺乏營養，我們的牙齒都不好。

外祖父外祖母一家隔着我們家不遠，我有一大羣舅舅阿姨。從懂事起，我就看到外祖父在家居樓下開小店舖，賣鹹花生和醃鹹菜。他們起早摸黑，手腳異常勤快。外祖父身材十分高大，頭髮差不多都掉了。站在他跟前仰望他，像一座鐵塔或大山，有時也像魔瓶出來的那個巨人。外祖母是自滿清年代走過來的人，早年裹腳，三寸金蓮可折磨苦了她，使她走路要踏着碎步，十分辛苦。下南洋後和外祖父胼手胝足，過度勞累使她的背駝得很厲害，弓起一個肉球。外祖父就常常沿馬哈甘河去採購或交換東西。外祖母是非常迷信的人，逢年過節，常備了祭拜之物，裝入黑紅兩色、雕鳳刻龍的五格籐籃到大伯公廟燒香拜神。去時常常由我這小外孫陪同。

童年的我，很少見到父親的面。他似乎兩三個月才回來一次。後來我從母親的口中才知道，父親是做「走水」的，也即做船員。聚少離多，父親一回達埠，我們做子女的都很高興。由於生疏和習慣，我們稱呼很怪，不叫「爸爸」，而叫他「叔阿」。少見的關係，使我覺得他威嚴，心存畏懼。實際上他是沉默而樂觀的。他性好運動，為閩江籃球隊的主將之一，曾有過在半場將球擲入籃中的紀錄，傳為達埠華人籃球史的佳話。雖然貧窮而自身難保，父親一生卻助人為樂，慷慨仗義。曾有一次看不過一位大兵欺負小市民而飽以老拳，終釀成大事，轟動了整個小城。我一位伯父早逝，伯母是道地印尼族，父親就將堂兄興哥堂姐瓊姐收養，視如己出。我知道父親在大海裏飄泊十分辛苦，體魄健壯而華髮早生、皮膚黝黑，都是他為生活奔波的見證。這樣幾個月才回家一次的生涯也沒能給家庭換來好景，母親見揿不開鍋沒錢買米，就經常在夜深人靜時背着我們取出首飾細軟盆秤掂度，變賣換錢。母親性格頗為倔強，不經易向別人開口。

我懂事那時節，小城剛和平，像是被洗劫過的城市，百業待興。一切是那麼貧乏，到處是那麼寂靜。店舖都很小很小。最了不起的是海邊的夜市，賣着的都是很土、很普通、簡單的東西。唯一吸引人、使人遠遠就嗅得到飄香的，便是那些賣熱帶水果的地攤戶。紅毛丹、山竹、榴槤、露菓、郎沙……堆得如山高。郎沙的果籽（核）青青，有人說某種飛蟲即由它變的，正如我害怕壁虎的斷尾會飛進人的耳朵一樣，我吃郎沙時很是不安。除了玩玻璃球、玩泥砂、玩線轆、搜集郵票、放風箏、踢足球之外，唯一興高采烈的節目，就是和馬哈甘河親近：到河邊看河去。當然不僅是看河。

久久才有一艘外來的大輪泊在碼頭。我和二哥就去撿外國煙盒。那年代，這玩意也很稀罕。無非比誰藏得多。有時也會釣釣魚，常釣得一種短短胖胖滾滾圓圓的大肚魚，我們抓多了，就折磨牠，將牠的雪白大肚往士敏上使勁來回磨擦，「啫」一聲就如爆炸般爆了。當時覺得很刺激，至今回想感到殘忍和沒有魚道！

阿姨家建在馬哈甘河畔，前半賣單車和零件，權當店舖，建在陸岸上，後半則建在河中，以一根根大木頭支撐着。由於看河的角度殊佳，也是我和二哥閒時的經常去處。最妙的是廁所的設備十分「天然」，人一蹲，黃燦燦的人體傑作，就像一顆顆迷你炸彈自由落體，河中早有幾十隻飢餓的魚兒等着了，「美食」穩、準、狠地被一張張魚口銜吞腹中。這也是我兒時的惡作劇，無聊當有趣。年前我讀北婆羅洲一位文友寫的文章，他竟也有這類經歷，只是多了一條驚奇結局：他們捕魚，整隻去蒸，端上飯桌上，但覺異香撲鼻，剖肚時竟發覺完好的人屎藏在其中也蒸熟了。真是人玩魚也被魚玩。

那時阿姨的家，也是木頭建築，但建有二樓，又有窗口，可以遠觀風景。除了可以常常看到巫族華族小孩光屁股在河裏嬉玩弄水外，遇到飛機降落更令我們興奮萬分。小城沒有飛機場，小飛機就降落在河面上。我們從沒見過飛機，常看得目瞪口呆。

我猶記得，我們一家常和許多人，常乘船到蘇埃格爾寶（SUNGAI KERBAU）去許願或還神，落船時有當地人在我們頭上撒花灑聖水，到了那個宗教氣氛很濃的小島，有人宰牛宰羊，我們吃黃薑飯。其他一些細節已記不清了。

也許嫌小城見識少，工作也不好尋找吧？父親結束了海上生涯，到首都找生活去了，最後當上了一家貿易行的小職員。大哥也隨他到雅加達讀書了。一九五三年我讀小學二年級，因為大哥要到中國大陸升學，我和母親就搭大輪到首都送他。大輪在哥達峇魯停泊時，我們因下船探望二舅母，險些誤了開船時間。我記得那夜母親穿着舊式旗袍，牽着我小手，飛跑到碼頭，而大輪已鳴號了。好險！

告別兒時的河流，我正當七歲。再見她已是三十年後的事了。尋尋覓覓，一切已不留痕；唯有童年的馬哈甘河依舊，悠悠低吟無言的童年之歌。

【小賞】

童年寂寞，自會去尋覓各種無聊玩意。敘述具體，文字生動，幽默處，令人忍俊不禁。寫上一輩人物立體凸現，栩栩如生。對他們為生活而奔波辛勞，充滿欽佩和感激的感情。幾樁「玩事」均與河流有關。畢竟，童年的河，對人成長的影響是深刻永恆的。

《童年》閱讀理解訓練

《認字與填字》

① 「恭」字和「___」字，「孝」字和「___」字，字形非常相似。

② 「我」填好老師所出題目之後，儘管對老師有所「不敬」，為甚麼老師非但不責罵，反而稱讚他？

《綠映童年》

① 作者借「看守曬布」的時光，同時玩一種甚麼遊戲？

② 抄錄文末的絕句，並試寫出你對這四句詩的理解。

③ 填充：正因為童年一段灼熱陽光 ______ 的，平橋綠波 ______ 的 ______ ，倒把 ______ 增強了。多少年來或歷經 ______ ，或晨昏 ______ ……都未受過病魔的 ______ ，未始不是 ______ 童年日 ______ 水 ______ 之 ______ 。

《似是「止水」話當年》

① 作者說的「是家難，也是國難」是指甚麼？

② 文中怎樣具體描述「用客觀的眼光看自己」？

③ 「我」少年時代為同學寫紀念冊，最喜歡寫的一句話是甚麼？他「不自覺的希望」又是指甚麼？

《香港一仙》

① 作者小時候睡在他母親的牀上，對他吸引力最大的是那十來個

散亂堆在一角的備作 ___ 的 ___________。

② 在二十年代，一文錢可以買一碗 ______ 或 ______。

③ 「香港一仙」中的「一仙」在文中指 ______，在文末指 ______。

《記憶號列車》

① 本文在寫作上有甚麼特點？作者將回憶童年比喻成甚麼？

② 試簡述《第四站：上環街市》的內容大意。

③ 填充：______ 跟人開的玩笑真大，常存着 ______ 的意念心態，使你無法 ______ 行將 ______ 的 ______。

《雄榕頌》

① 為甚麼作者以「雄」字讚譽榕樹？試用你自己的語言複述有關的具體描寫。

② 文末提到與榕樹的「戀父」情節，與哪一段互相呼應？試詳述之。

③ 試在下面一段中找出重疊形容詞，並說明它的作用：「……榕樹在南中國應該日益繁衍增加才對，而榕樹之外的各類鬱鬱蔥蔥，在整個世界，也應該免受無端劈殺之禍。它們大大小小理合綠遍人間，揚灑葉葉青青漂盡塵寰的污染。」

《「玩具」》

① 文章中所說的三件「玩具」指甚麼？

② 作者將「觀蟻」過程寫得很具體。請說明作者從幾方面來寫螞蟻？

③ 結合本文，試說一說你對「匱乏卻又富饒，孤寂卻又熱鬧」，

這句話的理解。

《憶蜻蜓》（外一章）

① 作者怎樣描寫她捕捉蜻蜓的過程？

② 作者在文中寫她最鍾愛哪三種樹？怎樣用擬人法描寫洋紫荊？

③ 抄錄你覺得寫得很美的段落。

《水壺•鐵箱•機關槍》

① 本篇用《水壺•鐵箱•機關槍》命名，請說明三種事物名形容或說明甚麼？

② 作者十五六歲時，養母對他說了一番話。請說明這段話表現了那幾方面內容。

③ 試對下列一段話發表議論或感受：「如果你自己確實沒有拿人家的墨水筆，那就堅決不要胡亂承認：不論老師、同學怎樣辱罵你、歧視你。最緊要的是問心無愧。」

《父親和我》

① 本文主要寫了父親幾件事？

② 本文如何具體敘述父親在書法方面的表現和成就？

③ 為甚麼作者說：「我後來雖然在高興的日子也會喝半杯，卻從來不曾讓自己喝醉過」？

《龍船水》

① 在作者的鄉間，游泳戲水一律稱為 ______ 。

② 作者對母親的教子（禁止游泳）方法充滿諒解，有三點理由，是哪三點？

③ 到了甚麼時候母親才解水禁？為甚麼？

《簡樸的童年》

① 作者描述了自己簡樸的童年，最後比較今天，抒發了怎樣的感慨？

② 填充：冬天的早上， ______ 的白色豆漿，碗裏蛋黃和蛋白 ______ ，油條 ______ 而 ______ ，我吃喝得 ______ ，十分 __________ 。

③ 用「豐盛」、「疏離」、「日不暇給，耳不暇聽」造四個句子。

《三年零八個月》

① 日軍侵佔新加坡後，對華族教育採取了甚麼手段？

② 填充：失學已是 ______ 與 ______ ，被 ______ 念母語的 ______ ，就不只是痛苦，而是 ______ 做 ______ 的 ______ 。

③ 文中寫戰爭帶來飢餓。飢餓給作者一家和居民帶來怎樣的災難？

《西瓜和我》

① 文中西瓜別有用途，試用自己的話加以簡述。

② 作者説西瓜有兩種吃法，試寫出來。為甚麼作者要寫得那麼具體？

③ 為甚麼作者衷心感激西瓜皮？

《戰亂中的日日夜夜》

① 戰爭奪走了作者哪幾個親人？

② 造句：悠遠、恍惚、清晰、真確、流逝、淡忘。

③ 作者寫死亡，用了四個不同詞彙，請抄錄出來。

《童年二三事》

① 為甚麼母親要「用鍋煙把自己的面容抹黑」？

② 文中多次引用古訓，如「以忠厚、勤儉立世，方可化險為夷」、「書到用時方恨少；事非經過不知難」，「少壯不努力，老大徒悲傷」，試寫出你的理解和感受。

③ 作者如何追述自己學寫字的情形？

《「日本人」老王》

① 為甚麼理髮師深受孩子們喜愛？

② 試抄錄文中對老王貌樣的描寫。

《念私塾的日子》

① 私塾老師在甚麼情況下用「戒方」？

② 文中如何形容孩子們怕老師？

③ 試述私塾裏「溫情」的一面。

《心酸的一頁》

① 本文主要的情節是甚麼？

② 作者厚着顏面出去借款，基於甚麼心理？

③ 小時這「心酸的一頁」給現在的「我」以甚麼影響？

《蟬聲歲月》

① 填充：叫好之餘，蟬聲也 ______ ，在腦海中 ______ 起來。

② 造句：鋪天蓋地、幫腔、層疊交錯、音韻。

③ 蟬聲非衣，為甚麼說「披」一身蟬聲？蟬聲非火，為甚麼說可以「煮沸」一座山？試說說你對這些修辭手段的理解。

《巫勞河畔》

① 作者寫傍晚、夜晚的巫勞河，文字甚美，請抄錄你最喜歡的。

② 造句：可遇而不可求、大惑不解、夙願、煎熬。

③ 作者怎樣描寫巫勞河畔消息之閉塞？

《從學生到店員》

① 為了甚麼原因，「我」到初中一的下學期就輟學了？

② 簡述「我」輟學後所做的事。

③ 作者失學時期不時有怎樣的感慨？

《病中紀事》

① 本文開頭第一段用了哪些自然界景物比喻童年往事？

② 「我」的病，最後是怎樣治癒的？

③ 填充：一種 ________ 的感覺，像 ____ 一樣 ____ 在我心頭，一年多來我想 ______ 也不能解脱。

《一頂帽子》

① 簡述本文的主要情節。

② 造句：稀釋、呈現、攀越、鞭策。

③ 文章中段，採用甚麼手段開展情節？

《茶樓以外》

① 作者會考、預科，以及學位試的溫習，泰半在哪完成？

② 填充： ______ 半桌玻璃， ______ 半邊卡座， ______ 一壺 ______ 的普洱……。

③ 填充：老的 ______ ，壯的 ______ ，幼的 ______ ；熱鬧之外，還帶有一種 ______ ，一份 ______ 。

《佛珠》

① 簡述本文的主要情節。

② 填充：我用耳朵 ______ 到一頭鳴聲 ______ 的蟋蟀所在的一家小花園，走至鐵門前，便 ________ 爬了上去。

③ 老婆婆為甚麼贈送「我」一顆佛珠？

《木屐蹬蹬響》

① 填充：我的童年是 ______ 快樂的 ______ ， ______ 着木屐的 ______ 。在那個 ______ 的年代，我們小孩都穿 ______ 。一 ______ 的舊木樓， ______ 黑 ______ 的木樓梯， ______ 着一雙雙木屐的 ______ 又 ______ 。

② 買到新木屐，母女都快樂，分別為了甚麼？

③ 為甚麼後來母親不給「我」買木屐了？

《母親的笞刑》

① 填充：有人的童年，是 ______________ ；也有人的童年，美麗如 ______ ，記憶──總是以 ______ 綴成 ______ 的 ______ ，在黃昏裏泛成 ______ 。

② 作者認為性格樂觀，是因為 ______________ 。

③ 文章後半主要敘述甚麼？母親為甚麼這樣做？

《童年趣事》

① 本文主要寫了哪幾件事？

② 抄錄本文的排比句。

③ 造句：綻開、快意、惹禍、乾嚎。

《最愛》

① 填充：______ 那小傢伙 ____________ 一雙大眼睛，毫無 ______ 地一張嘴，用 ______ 的粵語一字一句地背誦起來……

② 作者最喜愛的一本書是 _______________ 。

③ 造句：難以置信、觸景生情、孕育。

《永恆的微笑》

① 填充：______ 的小路旁，______ 的竹林在風中 ______ ，______ 上飄着幾絲雲彩。陽光將 ______ 投射在路上，……整幅畫面 ______ 一種自然而不加 ______ 的情趣，與相中人的 _________ 。

② 本文圍繞着一個甚麼中心來寫？

③ 造句：奢侈、淘洗、綻放、瀏覽、鐫刻。

《打開門的日子》

① 本文大致寫了幾件事？

② 抄錄兩段您認為寫得最生動的文句。

③ 試述「打開門」的涵義。

《天狗食日記》

① 「天狗食日」是指甚麼？具體評述之。

② 本文主要寫了幾個人物？

③ 試寫本文的內容思想。

《野孩子》

① 發大水時，作者和姐妹們做甚麼事情？

② 「我們」上山拾枯枝作甚麼用途？發生了甚麼事？

③ 造句：相依為命、亦苦亦甜、蹣跚、蒼穹。

《童年憶舊》（二帖）

① 試說父母怎樣為「我」的病奔波辛勞？

② 「我」和大哥去菜市場，玩些甚麼？

③ 事情寫得具體，就能使人加深印象。舉一個例子說明。

《失落，是另一種擁有》

① 結合內容，說說你對題目「失落，是另一種擁有」的理解。

② 連名字「夢如」都與作者身世有關，試述「夢如」和作者身世的關係。

③ 填充：這 ________ 雖曾為一場 ________ 的 ________ 而一度 ______ ，但終究 ______ ，那場 ______ ，卻成了童年留給我的 ______ 。

《童食》

① 寫一篇200字讀後感。

② 全文圍繞甚麼中心而寫？

③ 為甚麼作者說：「如今九十年代，香港物質豐裕，很多人肆意浪費食物，我仍不敢苟同」？

《自家製童裝》

① 造句：精細、偶爾、潮流、心思。

② 文章開頭提到黑白電視有何作用？

③ 本文有甚麼特點——寫甚麼時最為詳細？

《濠畔街》

① 「我」怎樣寫家居環境，請抄錄。

② 作者怎樣寫母親的堅強個性？

③ 抄錄「爸」對「媽媽」的讚詞。

《童年雜憶》

① 本文四題，請用最簡潔的語言複述其大致內容。

② 你認為哪一則最有趣？為甚麼？

③ 為甚麼作者對「世上是沒有『一人球賽』的」深有感觸？

《軍帽故事》

① 簡述本文的情節。

② 為甚麼作者說：「我不想提起我的童年」？

③ 此篇散文，帶有情節，主要靠甚麼展開？

《一張童年照片》

① 說說本文的寫作特點。

② 作者從一張照片聯想回憶童年，表現一種怎樣的信念？

③ 用白話文解釋「知足者，貧亦樂」、「淡泊名利，安於天命」的意思。

《一杯奶茶》

① 作者將自己的童年形容成甚麼？為甚麼？為甚麼説其「奶味較重」？

② 「我」對童年頗為得意，她學會了兩種甚麼本領？

③ 「我」有「錢」時，多半作甚麼「用途」？

《散去的宴席》

① 本文場面主要在哪裏？寫了甚麼事？

② 為甚麼宴席永遠地散去了？

③ 造句：大器、驕縱、附和、熟絡、空盪。

《踏青草浪而來》

① 概括本文的思想內容。

② 填充：碗豆苗 ______ 一些竹棚 ______ 着，開了紫色的小花，______ 隻蝴蝶在花蕊間 ______ ，輕揚 ______ 情景。

③ 選擇：本文主要描寫□鄉村景色，□城市景物（用✓表示）。

《夢迴舊時居》

① 我喜歡□現在的居屋□舊時居。

② 為甚麼「我」的童年「亦是痛苦」的？

③ 説説你對結尾的理解。

《玩伴》

① 試用自己的話形容三位阿姨的個性。

② 三位阿姨給作者怎樣的影響？

③ 造句：齷齪、狡黠、受惠、慢條斯理。

《兒時的河流》

① 作者寫了幾件與河流有關的事物？

② 試複述文中外祖父外祖母的形象。

③ 為甚麼「我」小名叫「炸彈」？

歲月有情　情有獨鍾
——《童年》十一版後記

東瑞

將《童年》修訂再版前，看到初版時代序的《童年的天空——〈童年〉前言》，文末的寫作日期為「一九九四年五月三十一日」，不禁感嘆時間流逝之神速，二十四年過去了！

一本書，在二十四年間再版了十一次，不是一件容易的事；大部分書都是一版而已，無法再版；再版，說明了市場有所需求，在千萬種圖書中突圍而出。

一本書，於二十四年後印行第十一版，說明它經得起時間的考驗，也說明當時的選題和構思具有多少「前瞻性」，可說是了不起的紀錄了。

正如初版時前言所寫的：「從六十年代倒溯到五十年代、四十年代、三十年代甚至二十年代，各年代的民生風情、社會環境，都在《童年》中留下了時代印記……眾人不同色彩、格調的童年，合起來就是一部微觀的社會變遷史。讀《童年》就可以讀到不同的時代和生動的人生；今昔對照，對今日的青少年有所啟迪，有所教育，有所激勵。一部社會發展史就是大眾個人歷史的總組合。」正是這些優點和特色，令其大受歡迎。

《童年》作為我們出版社的第一百本書，當時舉行了一次熱鬧隆重的發布會，與《父親•母親》《良師益友》成為我們獲益出版社的「長銷書」，初版不久就榮獲了「中學生好書龍虎榜」十大好書的榮譽。

我們非常感恩當時四十八位作者的無私供稿和鼎力支持，我們那樣一個成立（一九九一年成立）才三年的小小出版社才可能維持起碼的生存；那樣多的作者集合在「童年的天空」下，作品一起收在一本書內，在當時很少出版社做得到，憑的完全是我們良好的作家關係，憑的是大家對出版業非常艱難的理解以及對弱小出版社的道義上的同情，這是我們永遠不會忘記的；而後，《父親•母親》的作者人數，更「飆升」擴大到九十位之眾。

我們也萬分緬懷書中先後離世的多位作者，我們知道的有劉以鬯、曾敏之、夏易、紅葉、張漢基、孫觀懋……。我們永遠不會忘記他們的支持。

今天重讀《童年》內四十八篇寫童年的文章，深深感到作者們的認真付出，散文寫得雋永、文學性和回憶性並重，才可能造成了文章價值的歷久不衰。也許有的作者的文章內容我們已經忘記，但文末所附的簡要小賞，有助於我們記住內容和文章的特色，估計這也是書受到大家歡迎的原因之一。書末附上《閱讀理解訓練》，在二十幾年前，方便老師參考，如今還有不少學校沿用。是的，文學作品能和功課作業結合起來是最理想的，尤其是在電子閱讀、網絡蓋天鋪地的年代。當然，閱讀的最高境界是「無目的」、「無功利性」，作為一種精神愉悅和性情薰陶，讀優秀的文學作品，都是無價的精神乳汁和營養液。《童年》來自四十八名不同年齡、背景和職業的作者之手，文筆不同，篇篇精彩，最是適合閱讀。

當年，《童年》的出版是作為我們出版社三週年向讀者的獻禮，想不到獲益出版社行走和持續了二十七年，《童年》依然朝氣蓬勃，能在莘莘學子手上翻動，回味和比較著自己和書中作者不同的童年；不少作者也相當珍惜二十四年前寫的文章，收進自己的集子中。

到我們獲益出版事業有限公司跨過三十年，如果到時有三十年優秀圖書展示的話，像《童年》《父親•母親》《良師益友》這樣的書必名列其中，也應該當之無愧吧！

2018年9月9日